Thomas Lang

Am Seil

Roman

C.H.Beck

2. Auflage 2006

Gesetzt aus der Palatino im Verlag C.H.Beck
Druck und Bindung: Kösel, Krugzell
Gedruckt auf säurefreiem, alterungsbeständigem Papier
(hergestellt aus chlorfrei gebleichtem Zellstoff)
Printed in Germany
ISBN-10 3 406 54368 5
ISBN-13 978 3 406 54368 5

www.beck.de

Despair and Deception, Love's ugly little twins
Came a-knocking on my door, I let them in

Nick Cave

1.

Ist da wirklich ein Geräusch, als die Grasnarbe platzt, oder ergänzt er das in seinem Kopf? Selbst darüber kann er nachdenken, während er zusieht, wie der Seitenständer widerstandslos im feuchten Boden verschwindet, das Motorrad sich neigt und der leuchtend gelbe, wie ein Wanst gewölbte Tank durch sein Gesichtsfeld zirkelt, wie der Lenker sich bewegt, das Vorderrad sich schräg stellt, die Maschine zusammenbricht und erstaunlich leise auf den Rasengittersteinen landet, noch zwei-, dreimal wankt, bevor sie ihr neues Gleichgewicht gefunden hat. Bewegen kann er sich dagegen erst später, viel zu spät kommt die Drehung im Becken. Wie er den Fuß zurückzieht, hat er schon erkannt, dass es nur Glück war, warum er noch steht. Ein halber Schritt näher dran, und das Ding hätte ihn mit sich zu Boden gerissen und ihm die Beine gebrochen, ihn unter sich begraben. 300 Kilo von sich runterzuwälzen, mit nur einem gebrauchsfähigen Arm – unmöglich.

Kann er wirklich von Glück sagen? Glück ist, mit dem Motorrad überhaupt so weit gekommen zu sein. Mit Mühe und Not konnte er noch die Kupplung ziehen, bevor die Schwäche auch seine Hand übermannte und der linke Unterarm wie ein fremdes Anhängsel auf seinen Oberschenkel glitt. Glück war, dass er auf dieser Straße zwischen Wald und Ortsrand fuhr, wenig Verkehr, keine Ampeln. Dass er auf dem Parkplatz ohne Kupplung in den Leerlauf schalten konnte, und es krachte nicht mal besonders. Glück war schließlich, dass er, ohne hinzufallen, von der Maschine runterkam. Dann diese Unachtsamkeit, den Ständer genau in das Loch eines Rasengittersteins zu setzen. Eine Sekunde, so kam es ihm vor, blieb die Kiste stehen, bevor sie sich neigte. Eine Sekunde lang widerstanden die Wurzeln im Erdreich dem Druck.

Liegend verliert das Motorrad sein dynamisches Aussehen vollständig, der hintere Teil der sonst schräg in die Luft weisenden Sitzbank steht auf so alberne Weise vom Rad weg, als wäre er abgerissen. Vorn wirkt die Maschine hilflos wie ein gefallenes Pferd, das den Hals biegt, um den Kopf vom Boden hochzubringen, insgesamt aber von der Masse seines Körpers unweigerlich unten gehalten wird. Gert geht in die Knie. Er will untersuchen, ob Benzin ausläuft.

«Dumm gelaufen, was?»

Es ist nicht weiter ungewöhnlich, auf einem Parkplatz Leuten zu begegnen, trotzdem erschrickt Gert. Und wird auch gleich rot. Als hinge ein gelber Zettel am Spiegel: Geklaut! (Und natürlich steht nicht darunter, warum – aus purer Verzweiflung!) Er bleibt auf dem Boden und schielt zu seinem Gegenüber hoch. Gerade kommt die Sonne wieder raus, zum zwanzigsten Mal heute, und verpasst dem riesig wirkenden Mann eine gleißende Kontur. Gleichzeitig kehrt das Gefühl in Gerts Arm zurück, als läge das am Sonnenschein – natürlich liegt es nicht am Sonnenschein! Das fühlt sich nicht angenehm an. Es kribbelt wie eingeschlafen, doch vor allem rupft und zupft es in den Muskeln, sie werden hart wie ein Knüppel. Manchmal war es schon so schlimm, dass er wünschte, der Arm möge abfallen. Zum Glück hat dieser wütende Schmerz sich allmählich verflüchtigt; das Gewebe erholt sich. Der Typ geht nicht weg.

«Besser, du stellst sie auf den Hauptständer. Der Seitenständer ist bei der eine Fehlkonstruktion. Wenn du sie auf ebenem Boden abstellst, steht sie fast senkrecht. Der kleinste Schubs, und die Fuhre kippt um. – Ich kann dir nicht helfen, sie aufzuheben. Kreuz kaputt.»

Sein Gegenüber geht zwei Schritte zur Seite und nimmt das Motorrad genauer in Augenschein. Das Licht trifft nun unmittelbar in Gerts Augen, er senkt den Kopf.

«Sieht aus wie die von meinem Kumpel. Du hast auch den gleichen Vergaser drin.»

Schluck. Gert rutscht ein Stück nach links und versucht, das Nummernschild zu verdecken. Ein Motorrad zu klauen, ist die eine Sache, damit erwischt zu werden, eine andere. Warum zum Henker muss er unter Millionen von Menschen, unter abertausenden Motorradfahrern ausgerechnet auf den treffen, der diese Maschine kennt? Gerts Körper spannt sich. Er rechnet damit, dass gleich einer dieser spitzen Stiefel in seinem Gesicht landen wird. Lenk ihn mit irgendwas ab.

«Woher habt ihr bloß immer so viel Kohle?»

Der andere hat sich jetzt auch hingehockt und schaut ihm auf dreißig Zentimeter Abstand ins Gesicht. Die linke Braue zuckt. Sein Blick ist herausfordernd, das Lächeln so gefühllos, dass es jeden Moment in die härteste Grimasse umschlagen kann. Gert macht eine wegwerfende Handbewegung. Lass ihn auf dieser Schiene. Sag was. Nur was? Jeder erreichbare Satz scheint verräterisch. Die Glut im Gesicht ... kann auch von der Anstrengung kommen, oder?

«Hinten links hast du einen Schwingenschützer verloren.» Der Fremde steht schon wieder auf. «Ist meinem Kumpel auch passiert. Er hat reklamiert. Kriegt am Wochenende neue. Kostenlos! – Hey, wir sind die Kunden, oder?»

Damit ist er weg. Zum Abschied eine lässige Geste, wie ein Wink Richtung Himmel, kein Wort mehr, kein Hilfsangebot. Nach geraumer Zeit erhebt sich auch Gert. Widrigkeiten dieser Art hat er noch nie gut verkraftet. Sie rauben ihm die letzte Energie. Irgendwie wird er die Kiste schon wieder auf die Räder bekommen. Nur im Moment fühlt er sich zu schwach. Bei 250 km/h reicht ein winziger Ruck am Lenker, und die Fahrt ist ein für alle Mal vorbei.

Ein kleines Flugzeug tuckert über den Himmel. Es schleppt ein Transparent. SERVUS IN ETTERNAM, daneben das Logo einer global agierenden Druckkesselfirma und ein Sparkassen-S. Komische Grammatik. Gert hat das kindische Bedürfnis, dem Piloten zu winken. Er tut es nicht. Er massiert seinen Unterarm und lässt den Blick auf dem lang gestreckten Haus vor sich ruhen, das der Flieger in geringer Höhe überquert hat. Er hat es sich kleiner vorgestellt, dabei kompakter, jedenfalls höher und weniger transparent. Der eingeschossige Bau scheint zu drei Vierteln aus Glas zu bestehen. Von dem höher gelegenen Parkplatz betrachtet (es gibt noch einen zweiten neben dem Heim), sieht er wie ein Terrarium aus. Da drin lebt er also jetzt, denkt Gert und hat dem ganzen Glas zum Trotz eine düstere Vorstellung davon. Er wird hineingehen, Marlen hat ihn überzeugt, dass es sein muss. Aber er geht nicht ihretwegen. Er spürt selbst, dass es sein muss, auch wenn er nicht weiß, warum. Um ihn noch einmal zu sehen, den Alten, Bert, seinen Vater? Lieber würde er darauf verzichten; er erwartet nichts Gutes. Es gibt nichts zu reden, es gab nie was zu reden. Selbst die Zeiten, in denen ihn das alles traurig machte, sind vorbei.

Trotzdem ist da was. Er hat es gespürt, als er diese lächerlichen Tabletten genommen hatte, von denen er nicht mal das Bewusstsein verlor. (‹Tabletten – wie abgeschmackt!›, hört er den Alten sagen, ‹ist dir nichts Besseres eingefallen?› – ‹Und, woran denkst *du* da?

Hätte ich auf das Dach des Senders klettern sollen oder bei einer Bergtour auf Nimmerwiedersehen in der tiefsten Schlucht verschwinden?› Gerade das ist doch abgeschmackt, immer diese Besonderheiten.) Er hat Bert schon immer reden hören. Mitten in der größten Trägheit seiner Gedanken spürte er, dass es noch eine Begegnung geben würde. Nur darum geht es. Nicht darum, was passiert oder nicht passiert. Und nur darum musste dieser Versuch missglücken.

Nun, also. Er wird da reingehen, in diesen auf die Wiese geschissenen Glas- und Betonfladen. Bert wird da sein. Wo sonst? Vielleicht gibt es ein Café dort, und sie essen ein Stück Kuchen zusammen. Vielleicht werden sie streiten, vielleicht nicht. Es macht keinen Unterschied. Es macht keinen Unterschied, es wird nicht lange dauern. Egal, was passiert, er wird es nicht lang mit sich rumschleppen müssen. Er wird es getan haben. Er wird abschließen können. Geh aufrecht rein, komm aufrecht raus. Er schaut ganz bewusst in die Sonne. Danach wirkt das Haus für eine Weile wie ein schwarzer Kubus mit blitzenden Ecken und Kanten, die hüfthohen Lampen zu beiden Seiten des Wegs sind weder aus noch an.

Lautlos öffnet sich die automatische Tür, vier schwarze Vögel auf dem Glas vereinen sich zu zwei Paaren; hinter ihm trennen sie sich wieder. Auf seinem Weg durch die Schleuse federn borstenbesetzte Schienen leise unter seinen Füßen. Wie in einem Hotel findet sich eine Rezeption in der Lobby des Seniorenheims. Eine weißblonde Frau mittleren Alters telefoniert mit intensivem Lächeln. Leuchtende Augen, die gleichzeitig Gert begrüßen und auf den Gesprächspartner konzentriert bleiben. Die Brauen rasiert, an ihrer Stelle hochgewölbte Bögen wie die Eingänge zu einem Zwei-Röhren-Tunnel. Grünliches Schimmern. Der eigentliche Stollen jedoch liegt tiefer, gefasst von perlmuttglänzenden Lippen. Wenn sie ein O formt, schnellt der Eingang nach vorn und scheint nach dem Mikro zu schnappen, das sich wie ein Wurm vom Ohr herab quer über die Wange schlängelt. Ihr Teint ist einen Tick zu braun, die Haut im Gesicht wirkt zwar noch straff, doch beim Lächeln zeigen sich tiefe Falten und in dem kleinen Dreieck ihrer am Busenansatz schließenden Bluse deutet ein engmaschiges Netz feiner Schrunden die Zerstörung an.

Der Blusenstoff leuchtet weiß aus einem mittelblauen Kostüm, der ganze Anzug sieht nach Uniform aus und gehört bestimmt zum *corporate design* des Hauses. Auch ihre Art zu telefonieren wirkt geschult, sie lächelt ihren unsichtbaren Gesprächspartner konsequent an. Gleichzeitig hält sie Gert mit stummer Geste ein Fläschchen Fachinger samt Öffner und Glas hin. Fehlt noch eine Papierserviette. Und schon spricht sie wieder höfliche Worte ins Mikro ihres Headsets. Warum nicht? Warum soll es nicht möglich sein, zwei Dinge gleichzeitig gut zu machen? Ihre Fingernägel sind eher rötlich als rot. Am Revers der Kostümjacke ein Namensschild. Es bleibt derart unbewegt, dass er an Absicht glaubt. Bestimmt hat sie auch das trainiert. So lässt es sich besser lesen.

WANDA *Zeilenwechsel* TARTAKOVSKA. Daneben ihr Porträt, der Gesichtsausdruck und die Kostümjacke sind auf dem Foto dieselben, die Haarfarbe auch. Selbst das Lächeln. Jeder Zweifel ausgeschlossen. Er kennt diese Arbeitsbienen zur Genüge. Sie umschwirren einen vor, in und hinter dem Studio mit unhörbaren Flügelschlägen, sehen alles, denken an alles, ahnen alles voraus. Die besten behandeln einen wie eine Mutter ihr achtloses Kind, streng, doch mit einem Rest von Wärme. Sie sagen einem, wann man essen und trinken muss. Ihnen verdankte er seine besten Show-Auftritte. Oder anders gesagt: Ohne diese Mädchen hätte er nicht einen seiner jämmerlichen Gags über die Lippen gebracht. Die Freundlichkeit, mit der die Empfangsfrau ihn unausgesetzt beachtet und doch links liegen lässt, tut Gert weh, weil sie niemanden meint. Sie würde Dr. Jekyll genauso begegnen wie Mr. Hyde.

Er hebt die Kapsel mit dem Öffner nur halbwegs vom Flaschenhals, nimmt anschließend die Finger und lässt den Deckel hoch in die Luft springen. Er überschlägt sich, segelt in den Abgrund hinter der Wand, die den Schreibtisch gegen Einblicke abschirmt, und trifft dort hörbar auf die Tastatur, bevor er lautlos in der Niederung eines wahrscheinlich teppichbedeckten Fußraums verschwindet. Es kann nicht ausgesehen haben wie ein Missgeschick. Wanda bückt sich. Umstandslos hebt sie den Kronkorken auf und lässt ihn aus geringer Höhe in den Papierkorb fallen. Ihre Selbstverständlichkeit nimmt Gert den Atem. Als hätte sie gewusst, dass es so kommen würde. Als wäre das der normale Ablauf. Er hat nicht übel Lust, der Kapsel sein Wasser folgen zu lassen.

Nachdem sie aufgelegt hat, entschuldigt sie sich zunächst, weil sie das Wasser nicht aufmachen konnte. Gert spürt eine gehässige Wut, die sich am ehesten besänftigen ließe, wenn er die Frau schlüge. Erschreckend, aber das fühlt er. Er nuschelt den Namen seines Vaters. Sie schaut ihn eine Sekunde aus großen Augen an, sagt aber nichts als eine Nummer und senkt den Kopf. Ihr Haar sieht spröde aus. Während sie mehrfach die Zimmernummer wiederholt und gleichzeitig auf ein Kärtchen schreibt, als ginge sie selbstverständlich davon aus, dass er ein schwaches Gedächtnis hat, sagt er: «Strähnchen wären besser» und denkt: außerdem ein anderer Nagellack, ein anderes Kleid, eine andere Haut, knöpf deine Bluse zu. Wie nicht anders zu erwarten, ignoriert sie seine Bemerkung und hält das Kärtchen hoch, um ihm anhand des aufgedruckten Schemas den Weg zu erklären.

Er starrt auf das kleine Stück Papier, versteht aber nicht, was sie sagt. Der Weg scheint unfassbar kompliziert. Könnte sie nicht einfach sagen: durch die Tür und dann links, nach zwanzig Metern sind Sie da? Sie spricht von Zonen und Bereichen, nennt Farben, Buchstaben und Nummern. Dabei leuchten ihre Augen, als fände sie es wirklich aufregend, ihm das alles zu erklären. Auch die hohe Sprechgeschwindigkeit passt gut dazu. Gert spürt, wie es ihn nach draußen zieht, zurück auf den Parkplatz. Die Frau vor ihm bannt ihn mit dem erhobenen Kärtchen an Ort und Stelle. Oder mit ihrer erlöschenden Schönheit. Vor zwanzig, fünfundzwanzig Jahren wäre sie sein Typ gewesen. Wenn er jemals geheiratet hätte (damals hätte er sich vorstellen können, es zu tun), dann jemanden wie sie. Und genau wie sie sähe seine Frau heute aus. Genau so.

«Nicht vorbeugen, bitte.»

Damit entlockt er ihr den ersten giftigen Blick. Sie hat genau begriffen, warum er das gesagt hat, ihre Hand gleitet unwillkürlich zum Hals und zieht den Blusenausschnitt zu. Brösel, denkt er, ihre Haut sieht aus, als bestünde sie aus lauter Bröseln. «Wie ein vertrockneter Acker –», setzt er an, stockt dann aber. Es muss verwirrt klingen. Sie ist rot geworden, er allerdings auch. Vage zeigt er in irgendeine Richtung. Es tut ihm leid.

«Also – bitte bemühen Sie sich nicht. Das finde ich leicht.»

Sein Rücken wird rund, er spürt seine Wirbelsäule förmlich zusammensacken. Die Frau hinter der Theke ist in etwa so alt wie er, es gibt keinen Grund zur Überheblichkeit. Wanda scheint schon wieder besänftigt. Das ist nicht professionell! Professionell wäre, ihn sachlich und bestimmt in seine Schranken zu weisen. Wenn er es noch einmal zu tun hätte, würde er mit dem Deckel in ihr Dekolletee zielen. Also hat sich seine Wut noch nicht gelegt. Großspurig knüllt er den Zettel zusammen und stopft ihn in seine Hemdtasche.

Die Empfangsfrau himmelt ihn schon wieder an. Sie scheint eine Entschuldigung für sein Verhalten gefunden zu haben. Nein, es ist schlimmer: Sie kennt ihn. Ohne Scham bekennt sie sich als langjähriger Fan seiner Show. Es ist ihm unangenehm. Frauen ihres Alters, auch zehn, fünfzehn Jahre darüber, bildeten die Zielgruppe. Immer wenn eine davon ihn anspricht, beginnt er sich innerlich zu winden. Immer denkt er, dass sie gleichzeitig ganz genau wissen, warum seine Show abgesetzt wurde. Am liebsten würde er sich für seinen eigenen Doppelgänger ausgeben. (Auch das hat er schon probiert, und es hat nie funktioniert.)

Sie möchte ein Autogramm. Die Zeiten, in denen er vorsignierte Karten mit seiner grinsenden Fresse dabeihatte, sind lange vorbei. Er will außerdem keine Autogramme mehr geben, er will nicht mehr erkannt werden. Von ihr nicht und auch von sonst keinem. Ein zweiter Impuls mischt sich in diesen einen, das Gefühl, etwas wieder gutmachen zu wollen. Er beschließt, es schnell hinter sich zu bringen. Hektisch lässt er seine Hände durch die Taschen seiner Jacke fingern. Nicht nötig, Wanda hält ihm bereits einen

Filzschreiber hin. Sie klatscht in die Hände, als er ihn nimmt. Zu Hause hätte sie ein Foto. Ihre Schwester hat es aufgenommen, als sie Zuschauerin im Studio war. Wanda würde viel darum geben, es jetzt dabeizuhaben. Aber wer konnte ahnen, dass sie ihm hier begegnen würde. Sie hat Gerts Vater schon mehrfach gefragt, ob sein Sohn nicht einmal zu Besuch komme, aber der antwortete immer ausweichend. Eilig kramt sie ein Notizbuch aus ihrer Escada-Tasche. Könnte auch ein Kalender sein. Nein. Nein, das geht zu weit. Am Ende soll er noch ihren Personalausweis unterschreiben. Gert reißt die Kappe von dem Stift, auch sie segelt durch die Luft auf den Fußboden, und kritzelt eilig sein aus wenigen Strichen bestehendes Autogramm auf die hell lackierte Ablagefläche der Theke. Das in Wandas Gesicht zurückgekehrte Lächeln bleibt stehen, doch es mischt sich mit Verblüffung.

Im Gehen nimmt er noch wahr, wie sie einen Knopf drückt. Er sieht es nicht direkt, er deutet die Spannung ihrer Schulter und die Bewegung ihres Oberarms. Was mag sie nun denken von dem Mann, der dafür bekannt war, dass er die höflichsten Gags der Republik machte? Soll sie denken, was sie will! Er ist vor aller Augen so tief erniedrigt worden, da spielen läppische Episoden wie diese keinerlei Rolle mehr. Es ist doch nichts als ein gespielter Witz der nicht ganz korrekten Art. Doch Gert spürt selbst, dass das nicht stimmt. Es ist ihm peinlich, und zwar besonders die Tatsache, dass es wieder nicht glatt ging.

Es war ja keine Absicht, dass die Stiftkappe durch die Luft flog, es war ein Malheur. An sich unbedeutend, stünde es nicht beispielhaft für eine ganze Kette von Pannen, die sein gesamtes Leben prägten. Er zieht Missgeschicke an, wie Scheiße die Fliegen. Das ist immer noch der beste Ausdruck! Mit Scheiße fing es auch mal an, soweit er sich erinnert. Es war im ersten Schuljahr, da lag ein Hundehaufen auf seinem Weg, nah beim Eingang zur Schule. Es hatte schon geläutet, er rannte, aber den Haufen sah er bereits von weitem und wollte ihm weiträumig ausweichen. Leider rutschte bei dem großen Schritt seine Tasche von der Schulter (allerdings, er hatte nur einen Tragriemen angezogen, der andere baumelte) und brachte ihn aus dem Gleichgewicht. *Batz* trat er mittenrein und musste mit stinkendem Schuh in die Klasse, wurde von der Lehrerin schnell ermittelt und durfte unter dem Gelächter der anderen an einem Waschbecken neben der Tafel die Kacke aus der Sohle waschen. Er musste beide Schuhe reinigen, auch den nicht betroffenen. Es ging sein Leben lang so weiter. Ausgeleierte Reißverschlüsse, falsche Züge, verlogene Flittchen, ein Schlamassel von über vierzig Jahren Dauer. In der Summe sind es die Kleinigkeiten, die einen zerrütten, Sachen, die jeden Tag passieren, weil sie jeden Tag passieren können.

Am anderen Ende der Lobby tauchen zwei Pfleger auf. Sie bleiben dicht beieinander stehen und unterhalten sich flüsternd. Dabei glotzen sie ihn unverhohlen an. Verwirrt und mit heißem Kopf geht er über den blank polierten Natursteinboden auf die beiden zu. Er muss an ihnen vorbei, wenn er nicht wieder rausgehen will. Sie werden ihn nicht ansprechen. Bitte! Gerts Blick haftet auf einer Wandverkleidung. Vogelaugenahorn, wahrscheinlich ein Furnier, vielleicht sogar eine Imitation, dahinter Spanplatte. Alles wird jetzt auf edel getrimmt, auch wenn es ganz gewöhnlich ist.

Kaum hat er die Lobby verlassen, spürt er seine Erschöpfung. Er hat keine Lust weiterzugehen. Was erwartet ihn hinter der nächsten Ecke? Obwohl er nicht daran glaubt, dass eine höhere Hand gibt und nimmt, belohnt oder straft, besteht er darauf, *das* nicht verdient zu haben. Auch wenn er heute weiß, dass es Scheiße war, hat er über Jahre hinweg den Leuten doch etwas gegeben. Sie mochten seine Gags (die er nicht selber schrieb), fünfmal die Woche schalteten sie ein – nie ist die Quote eingebrochen. Er muss sich nicht verachten für das, was er getan hat. Doch es fällt ihm schwer. Wie einen kleinen Pickel hatte er eines Tages den Verdacht entdeckt, bloß ein Hampelmann und Schleimer zu sein; schnell wurde ein Furunkel daraus. Schließlich war er da nur so reingeschlittert, man hatte gar nicht ihn gemeint. Das machte alles noch schlimmer. Unentwegt wuchs das Gefühl, da, wo er stand, nicht hinzugehören. Es ging denn auch nicht mehr lange.

Heute denkt er, dass er das Ende unbewusst provoziert hat. Er fühlte sich wie ferngesteuert, als er seiner Assistentin zwischen die Beine fasste. Das war nicht seine Art (außerdem fand er sie nicht mal attraktiv, ihre Beine, über denen immer die Hosen spannten, erschienen ihm wie Säulen). – Er wusste in demselben Moment, dass es vorbei war. Welch eine Erleichterung! Vorbei dieser wahnsinnige Ritt auf einem haushohen, unbeherrschbaren Sandwurm. Nur der Zufall hatte ihn mehr oder weniger oben gehalten.

Grapschgerüchte – ein gefundenes Fressen für den Boulevard. Selbst ein schneller, vom Sender mit viel Geld erkaufter Vergleich mit der Assistentin brachte keine Ruhe. Als der ‹Skandal› endlich durch war (mit einem öffentlichen Widerruf der Frau sogar), passierte schon die Sache mit Felicitas. Wieder war die Presse hinter ihm her, knipste heimlich, kaufte windige Informanten und erfand den Rest. Von Ausgabe zu Ausgabe wurde das Mädchen jünger.

Seitdem hat er das Gefühl, beobachtet zu werden. Selbst in dieser Sekunde. Einer der Pfleger folgt ihm lautlos mit einem Wäschewagen. Wer sagt, dass der keine Fotos macht? Egal, die Zeitung von morgen wirst du nicht lesen, murmelt Gert hörbar und kichert anschließend. Das fühlt sich richtig an. Eine merkwürdige Nervosität befällt ihn, eine Art Zucken in den Gliedern oder wenigstens das Bedürfnis, sie zu bewegen, herumzuspringen, mit den Armen zu schlenkern, den Kopf in die Höhe zu werfen und dabei irgendwelche Laute von sich zu geben. Hat er das früher schon mal gehabt? Als Junge oder als Kind?

Immer denkt er, er kennt dieses Gefühl, doch er erinnert sich nicht. Er findet, dass es nicht zu ihm passt.

Meistens unterdrückt er es. Aus einem unbekannten Grund scheint ihm das heute nicht möglich. Also springt er in die Luft und keilt dabei aus, auch wenn beim Landen das Rückgrat kracht, er dreht sich um die eigene Achse und lacht dem Pfleger ins Gesicht. Der hat zu ihm aufgeschlossen, sein dunkles Gesicht mit den sanften Augen über einem dichten schwarzen Schnurrbart nimmt einen überraschten und erschrockenen Ausdruck an. Wäre er nicht so überrumpelt, würde er sich ducken. Gert reißt ebenfalls die Augen auf. So stehen die Männer sich gegenüber. Was nun? Offenbar weiß auch der indisch aussehende Altenpfleger nicht weiter. Gert vergräbt die Hände in den Jackentaschen. Er findet den Edding. Der Blechmantel des Stifts erwärmt sich sekundenschnell in seiner Hand. Er hält ihn fest. Berührt unabsichtlich die Spitze, achja, die Kappe fehlt. Seine Finger werden schwarz sein. Eine plötzliche Regung. Mit Tränen in den Augen umarmt er den Mann vor sich und schnaubt:

«Wenn du entdeckst, dass du ein totes Pferd reitest, steig ab.»

Aus müden Augen blickt er den Fremden an. Seine Hände wandern von den Schultern zum Kopf seines Gegenübers, schnell zieht er ihn an sich und drückt ihm einen Kuss ins Gesicht. Ebenso schnell schreibt er sein Autogramm auf das Namensschild des Pflegers. Noch schneller hüpft er pfeifend davon. Es kümmert ihn nicht, ob der Mann mit dem Wäschewagen ihm folgt.

Gert kommt in eine kleine Halle. Fünf Gänge führen von hier weg. Unter einer Glaskuppel mit gerefften Sonnensegeln ist eine Sitzgruppe arrangiert, helles Holz, kräftig blaue Polster, zwischen den Möbeln riesige Zimmerpflanzen mit Blättern groß wie eine Familienpizza. Ein warmer Ort. Die Sonne, die ihn eben noch von der Seite, durch eine Glaswand, anschien, wärmt nun seinen Nacken. Ihr Licht gibt der Anordnung den letzten Schliff, leuchtet perfekt die Ecken aus, ohne aufdringlich zu werden. Er nestelt an seiner Jacke, soll er sie ausziehen oder anlassen? Die Temperatur ist so, dass beides, anlassen und ausziehen, richtig und damit falsch erscheint. Auch die Luftfeuchtigkeit ist schön austariert, seine angegriffene Nasenschleimhaut fühlt sich merklich wohl. Hin und wieder gehen im Hintergrund die Fahrstuhltüren auf, es klingt sanft und rücksichtsvoll. Er schaut in die Gänge, alle sind hell, alle scheinen sich nach der Sonnenseite zu öffnen, alle sind mit Linoleum in warmen Tönen ausgelegt und mit Kunst in rahmenlosen Bildhaltern ausgestattet. An allen Wänden, auch den verglasten, hölzerne Handläufe, linkerseits unterbrochen von überbreiten Türen.

Wo geht es weiter? Irgendeiner Farbe sollte er folgen, nur welcher? Er fingert den verknüllten Zettel aus der Brusttasche, sendet Frau Tartenova seine Entschuldigung in Gedanken, streicht das Papier glatt. Eine schematisierte Zeichnung, fünf Linien führen von einem als Drittelkreis angedeuteten Zentrum weg wie Spinnfäden. An einem sitzt weit draußen ein winziger schwarzer Punkt, dort befindet sich sein Vater. Von Farben keine Spur. Müsste nicht eine der Linien den Weg bezeichnen, den er gekommen ist? Nur welche? Er dreht das Kärtchen, hält es näher an die Augen, weiter weg – es ist nicht zu entscheiden. Wird er am Ende zurückgehen und die Frau vom Eingang bitten müssen, ihn zu führen? Das scheint nach seinem Auftritt von vorhin kaum möglich.

Gert sackt zusammen. Kleinigkeiten wie diese werfen ihn völlig aus der Bahn, er wird hilflos, wütend, fühlt sich den Tränen nah. Dazu kommt Kraftlosigkeit. Achterbahn ist dafür gar kein Ausdruck, das ist wie eine Fahrt im Protonenbeschleuniger, das zerreißt ihn in kleinste Teile. Er fühlt sich zerrüttet. Seinen Körper sieht er als durchscheinenden Tropfenregen vor sich. Die Form ist noch erahnbar, allerdings hat die Fliehkraft sie bereits zu einer Kurve verzerrt. Am vorderen Ende (Kopf oder Schulter) hat sich eine Gruppe Tropfen gelöst und ist dabei, sich im Raum zu verlieren.

Nach einer Pause macht Gert sich wieder auf den Weg. Es ist wie bei einer leeren Batterie. Lass sie eine Zeit lang liegen, und sie erholt sich scheinbar. Doch unter Belastung bricht die Spannung sofort zusammen. Zweimal schreitet er die Öffnungen der Gänge ab. Sie unterscheiden sich nicht nur nach den Farben der Bodenbeläge, sondern auch nach der Kunst an den Wänden. In einem Gang hängen Porträts, im nächsten Landschaften, im dritten abstrakte Werke. Der vierte scheint nur Reproduktionen von Dürerstichen zu enthalten. Was soll dieser Unsinn? Wäre es nicht ebenso berechtigt, die Bilder zum Beispiel nach ihrer Größe zu hängen? Doch diese Reproduktionen wurden alle auf dasselbe Format gebracht. Gert staunt. Wie sehr ihn die Kunst doch noch bewegt nach all den Jahren.

Er entscheidet sich für den abstrakten Gang. Der wirkt am hellsten. Der Boden fällt leicht ab. Offensichtlich gibt es in dem Gebäude unerklärliche, aber beabsichtigte Niveauunterschiede. Er hätte auch einen ebenen Weg oder einen ansteigenden wählen können. Gefälle passt besser zu ihm. Es ist nicht stark, man fühlt sich nicht mal geschoben, doch es reicht für ein überaus leichtes Schreiten ohne jede Anstrengung. In der anderen Richtung also das Gegenteil. Ob die Alten das gut finden? Bloß nicht schon wieder hüpfen.

Gert klappert die Türschilder ab. Nummern stehen darauf, außerdem Ordnungsbuchstaben, doch ins Zentrum der Aufmerksamkeit sind die Namen der Bewohner gerückt. VORNAME *Zeilenwechsel* NACHNAME. Leider fehlen die Fotos. Der Ordnungsbuchstabe ist immer derselbe, ein O. Woran erkennt man, dass es keine Null ist? Womöglich ist es eine.

Schlagartig wird ihm klar, dass er sich für den richtigen Flur entschieden hat. Die Nullfrage hat er sich schon mal gestellt, als Frau Taterova die Zimmernummer aufschrieb. Er kontrolliert es. Also ist er auf Anhieb im gesuchten Gebäudeteil gelandet, bei einer Chance von 4:1. Soll er das Glück nennen? Das wäre der falsche Ausdruck. Außerdem kommt der Haken meistens am Ende, wenn man schon glaubt, dass alles glatt gelaufen ist.

In diesem Fall ist der Haken sein Vater. Gert rechnet nicht damit, dass dieser sich freut. Das kennt man ja: Aus irgendeinem Rest von freundlichem Gefühl, einer mühevoll aufgeblasenen Erinnerung an den einen oder anderen netten Moment wird vermeintlich ein Bedürfnis nach Wiedersehen, verbunden mit dem zur Überzeugung gesteigerten Wunsch, es werde sich schon alles gebessert haben, alter Streit begraben, Wut und Hass vom bloßen guten Willen in Eintracht und Güte verwandelt. Natürlich wird es nie so, denn so funktioniert es nicht. Der neuartige Umgang miteinander ist aufgesetzt und kann nicht lange halten. Nein, er täuscht sich nicht über dieses Wiedersehen. Er macht sich keinerlei Hoffnungen.

Dementgegen kann es gut sein, dass der Alte sich verändert hat. Einsamkeit und Krankheit formen die Menschen. Marlen hat gesagt, er sei nicht wiederzuerkennen. Allerdings weiß sie es nur aus zweiter Hand. Er soll geradezu gebrochen sein, keine Spur mehr von der alten Energie, die Stimme sei dünn geworden und er weine beim geringsten Anlass. Auch könne er kaum noch laufen. Gert stellt sich vor, wie sein Vater im Rollstuhl sitzt. Zu schwach ist, den Stuhl selbst fortzubewegen, seinen Kopf zu halten oder nur den Blick zu heben und ein Wort zu sagen. Sein Mund steht fortwährend offen, es läuft Speichel von der Lippe. Wie schrecklich das für ihn sein muss! Bert hat körperliche Schwäche oder Ungeschicklichkeit stets verachtet. Als Sportlehrer hat er sich außerdem gern bewegt. Es muss ihn quälen.

Gert spürt, wie eine Welle des Kummers durch seinen Körper schwappt. Armer alter Mann. Auf der Fahrt hierher dachte Gert kurz, dass er sich zu dem Besuch entschlossen hätte, um sich am Elend seines Vaters zu weiden. Dass dieser Anblick eine weitere Lücke schließen könnte, die ihn noch mit dem Leben verbindet. Auch wenn der Gedanke komisch klingt. Aber das war falsch. Der Anblick des Kranken wird ihn nicht aufbauen. Er ist nicht mal mehr sicher, ob er ihn überhaupt ertragen wird. Warum kann er nicht umkehren?

Gert lässt sich treiben, jetzt ist der Alte schon tot. Gerade gestorben, gewaschen, fein gemacht, in den Keller gebracht. Dort stellt Gert sich einen Aufbahrungsraum gänzlich ohne natürliches Licht vor. Im Näherkommen bemerkt er, dass niemand die Augen des Toten geschlossen hat. Unter der Tropfenbrille wirken sie geradezu lebendig. Sie scheinen jede Bewegung Gerts zu verfolgen. Sonst aber ist a l l e s t o t.

Gert steht allein neben dem künstlichen Buchsbaum. Unter dem Lichtschalter lässt sich tatsächlich eine Klingel einstecken. Erstaunlich, oder? Ob wohl schon jemand Marlen verständigt hat? Wird eine geschiedene Frau eigentlich *auch* Witwe? Und was wird eine Mutter, wenn ihr Nachkomme stirbt?

Er würde sich gern setzen. Ausgerechnet hier gibt es keine Sitzgruppe, nicht mal einen Stuhl. Er muss sein Gesäß auf dem Handlauf abstützen. Dabei klackt sein Helm gegen das Holz. Das Geräusch poltert flegelhaft laut durch die nachmittägliche Stille. Bleibt bloß in euren Betten! Ich will nicht weiter stören, und euer Haus wird nicht einstürzen. Ich mache nur einen kleinen Besuch, unangemeldet, um die Sache nicht aufzubauschen. Bevor ihr an euren Türen seid, bin ich schon wieder weg. Die Sonne beginnt in seinem Nacken eine Entspannungsmassage, doch sein Bauch fühlt sich an wie ein Fußball. Man müsste mal dagegen treten. *Klack* – schon wieder schlägt der Helm an. Gert bemerkt, dass er schon eine ganze Weile auf das einfarbige Bild an der Wand gegenüber starrt. Er kennt es. Ein weißes Quadrat auf weißem Grund. Vier Striche trennen Weiß von Weiß, die Seiten sind nicht ganz regelmäßig, es steht ein bisschen quer in Fläche und Raum. Wie kommt ein Malewitsch hierher? Wahrscheinlich ein Lapsus, die Bilder wurden sicher im Paket gekauft, 30 abstrakte samt Qualitätshaltern, zusammengestellt unter Berücksichtigung der besonderen Wahrnehmungsbedürfnisse älterer Menschen ... *Meine Philosophie lautet: Vernichtung der Städte und Dörfer alle 50 Jahre, Vernichtung von Liebe und Aufrichtigkeit ...* – Wie ging es gleich weiter?

Malewitsch studieren, das ist so lange her, dass es schon nicht mehr wahr ist. Wollte er wirklich mal Maler werden? Von heute gesehen: nicht mehr und nicht weniger als alles andere. Kreativ sein schien damals so toll, fast jeder wollte das, malen oder schreiben. Am besten Musik machen. Einen öden verregneten Sommer lang malte und zeichnete er, meistens nachts. Trank Wein aus der Flasche. Er drückte sich aus, es ging nicht darum, irgendeine Technik zu erlernen. Im Herbst begann das letzte Schuljahr, und er war sich sicher: Er wollte Kunst studieren. Seine Mutter vermittelte ihm über geheime Kanäle ein Gespräch an der Akademie. In der Nacht davor explodierten seine Ideen und schossen wie Raketen in den Himmel. Er nahm nur diese Arbeiten mit zu dem Kunstprofessor, die besten, die einzigen, die noch galten, er war sich sicher. Der Prozess dauerte zehn Minuten, die Exekution drei Sekunden – gedanklich leere Arbeiten, keine künstlerische Weltsicht, lauten die Stichworte, an die er sich erinnert. Das Fallbeil: ‹Was begeistert Sie so an Malewitsch?› Auf dem Hinweg hatte er noch nicht gedacht, dass seine ganze Kunst bei dem Russen geklaut wäre. Gert war wütend, und er war am Ende. Brauchte man Kunsthochschulen? Man brauchte keine. Doch er malte nie wieder. Schneller ist nie jemand eingeknickt. Bereitwilliger hat sich nie jemand eingestanden, dass er nichts als ein Nachahmer ist. Nicht am Platz in jener Welt.

Vielleicht deshalb kann er sich an die Texte der Suprematisten, das ganze Brimborium, besser erinnern als an ihre Bilder. Dieses hat er immerhin wiedererkannt. Das weiße Quadrat hängt mitten unter all den Pseudo-Kandinskys (oder sind es echte?) wie eine veritable Fälschung. Ein Kuckucksei. Spätestens wenn die Schale birst, kann niemand mehr übersehen, was hier los ist. Aber wird sie jemals bersten? *Nie wird mein Quadrat Matratze für eine Liebesnacht sein.* Noch so ein Spruch, von dem er dachte, dass er ihn verstanden hätte. Was für einen Quatsch man sich merkt.

Ein plötzlicher Anfall von Übelkeit zeigt ihm deutlich, dass er nicht hier sein will. Er hat Angst davor, seinen Vater zu sehen. So klar er sein Gefühl benennen kann, so wenig kennt er den Grund. Warum hört er nicht wenigstens auf sich? Er könnte sich auf der Stelle rausschleichen, aufs Motorrad steigen, falls ihm jemand hilft, es aufzuheben, und falls sein Arm nicht wieder taub wird. – Adieu. Am Ende wird es doch verzichtbar sein, den Alten zu sehen. Er hat es versucht, er ist bis hierher gegangen und merkt nun, dass es gar nichts bringt. Wer sagt, dass man die Erkenntnis immer erst am letzten Ende eines Wegs haben kann? Er hat sie jetzt, er kann umkehren.

Nein, er geht nicht. Dazu ist er zu weich. Zu wenig entschlussfreudig, zu lahmarschig, zu träge. Er ruht sich aus, er bereitet sich vor, er sammelt sich. Doch seine Stimmung verdüstert sich zusehends, die Aufgekratztheit scheint gänzlich verschwunden zu sein. Die Erinnerung an seine Mutter hat ihn nicht aufgeheitert. Obwohl sie ihn damals unterstützt hat. Oder war das der kalt berechnete Versuch, ihn auf immer von seinen Ambitionen zu heilen? Der Gedanke kommt ihm zum ersten Mal, und er findet ihn quälend. Er wünscht sich, ihn niemals gehabt zu haben. Es hilft nichts.

Marlen konnte Gerts Kunstlehrerin nicht leiden, auch das spricht für die neue Idee. Fräulein Duklida. Sie war der eigentliche Grund der ganzen Malerei. Jung, mit glatten dunklen Haaren bis zum Po und hellen grünen Augen. Unter den Schülern hieß es, sie sei Kommunistin, doch das war ein Gerücht. Tatsächlich wusste man nur, dass ihre Eltern aus der Sowjetunion geflohen waren. Sie hätte die ganze Klasse zu Spionen machen können. Allein wie sie ihr Haar nach hinten warf. Niemand konnte sagen, ob die spitzen Kegel unter ihrem Pullover in einem BH steckten. Marlen hatte immer kurze Haare. Und sie trug immer einen BH, die Träger waren durch den Stoff der Oberteile sichtbar. Nachdem er aufgehört hatte zu malen, beachtete die Duklida ihn nicht mehr.

Seit Gert die Lobby verlassen hat, ist es still geblieben. Nun nimmt er ein Rollgeräusch wahr. Haben die Pfleger sich organisiert und kommen, mit Wäschewagen bewehrt, um ihn rauszuschmeißen? Nein, es wird nur ein Bett unter der Glaskuppel durchgeschoben. Eine alte Frau sitzt mit seitlich herabbaumelnden Beinen auf der Matratze und summt vor sich hin. Die krause Perücke auf ihrem Kopf gibt ihr etwas Lustiges. Sie schaut verträumt. «So ein netter Mann», sagt sie mit überraschendem Aufblick mitten in das Gesicht des schiebenden Pflegers. Dessen Blick bleibt auf den glänzenden Galgen gerichtet. Er bewegt die Lippen, sein schwarzer Schnurrbart wackelt. Schließlich öffnet sich sein Mund zu einem schmalen Schlitz, und er schiebt zwei flache, fürs Deutsche unmöglich weich gekaute Wörter raus: «Fruher. Fruher.» Mit dem Bett verschwindet das Rollgeräusch.

Gert rafft sich auf. Er wird den Gang bis zum Ende gehen. Er wird in einem freundlichen Zimmer seinen Vater treffen. Und er wird Abschied nehmen oder so was. Sein Blick fällt auf das Schild an der Tür gegenüber, es ist schon die richtige. Er wechselt die Flurseite, klopft, drückt die Klinke herab. Mit einem leisen *Klick* springt die Tür auf und schwebt zurück in den Raum. Neben dem weißen Quadrat entsteht ein riesiges dunkles Rechteck.

2.

Vornegger wird endlich doch bald ganz tot sein. Gestern wurde die Magensonde entfernt. Jetzt bekommt er Infusionen gegen Austrocknung, denn er trinkt auch nicht mehr. Wenn die Leute keine Nahrung mehr zu sich nehmen, wollen sie sterben. So sagt man hier. Vornegger hat schon vor Monaten aufgehört zu essen, praktisch mit dem letzten Krankheitsschub. Es heißt, damals sei er geistig abgetreten, aber Bert glaubt nicht daran. Sonst hätte er doch weiter gegessen oder sich füttern lassen. Diese Meinung vertritt auch Schwester Bubi: Er hat sich verweigert, also muss da noch was gewesen sein. Sie glaubt sogar, dass er bis heute klar ist. Sie könne es an seinen Augen sehen. Doch er reagiert mit keinem Piep. Nur bei Schmerzen stöhnt er, etwa wenn er umgelagert wird (er soll steif wie ein Toter sein) oder wenn sie das abgestorbene Gewebe von den aufgelegenen Körperstellen wegschneiden und dabei ins Leben geraten.

Als er aufhörte zu essen, muss ihm klar gewesen sein, dass er endgültig im blauen Trakt gelandet war. Der blaue Trakt, die Höchststrafe. Wer in den roten wechseln muss, ist bereits raus; wer in den blauen kommt, ist praktisch tot. Bert selbst wohnt im grünen

Trakt, gewissermaßen an der Grenze. Gut ist nur Orange. – Wer denkt sich so was aus? Ein sublimes Foltersystem für alle, die bei klarem Verstand hierher kommen. Vier Farben, vier Schritte auf dem Weg ins Grab. Die meisten hier tun sie der Reihe nach. Sie kommen munter her, an ihrem Lebensabend wollen sie sich ein bisschen was gönnen. Sie führen ein ganz normales Leben. Nur exklusiv. Es ist wie bei einer Kreuzfahrt, abgesehen von den Landgängen hält man sich immer unter denselben Leuten auf und lässt sich bedienen.

Eines Morgens kommen sie dann nicht mehr mit den Füßen vors Bett. Nach dem Duschen fehlt ihnen die Kraft, das Handtuch von der Stange zu ziehen. Beim Frühstück bekleckern sie sich mit Kaffee. Sie brauchen nun Hilfe. Man wird ein oder mehrere Gespräche mit ihnen führen, im grünen Trakt gibt es ein Team von Pflegern (sie werden dezent ‹geeignetes Personal› genannt), die sich optimal um die ‹etwas weniger Gesunden› kümmern können. Eine Stufe nach unten. Dieser Schritt ist noch zu verwinden, immerhin sind noch Kontakte möglich zu Orange. Der grüne ist noch ein Wohnbereich. Manche halten sich an dieser Grenze jahrelang, sie glauben häufig, die Endstufe schon erreicht zu haben. Dann kommt ein verschneiter Tag, sie geben nicht Acht und schlagen beim Spazierengehen hin. Oberschenkelhalsbruch, das bedeutet Klinik. Von dort geht es auf die rote. Rot und blau sind Pflegestationen. Fast niemand kehrt zurück ins Wohnen.

Schlimmer sind Schlaganfälle. Gleich auf die blaue. Letzte Stufe, von hier geht es nur noch, die Füße voran, in den Keller. Im blauen Bereich *liegen* die Bewohner. Sie sind verwirrt, bewegungsunfähig, ausgeliefert. Dort gehen die Pfleger, ohne anzuklopfen, in die Zimmer, dort bekommen die Leute ihre Tabletten abgezählt mit den Mahlzeiten, dort werden Sicherheitsgitter an den Betten befestigt. Dort liegt Vornegger.

Eine Weile lang pendelte er. Und zwar zwischen blau und grün. Das war ungewöhnlich. Seine Erkrankung verlief schubweise wie bei Bert. Meistens wirkte Vornegger normal oder, besser gesagt: gesund, denn ganz normal war er nie. An manchen Tagen aber war er praktisch bewegungsunfähig. Ganze Tage lang! Irgendwann fing er an zu spinnen. Bert wurde nachts wach, irgendein Lärm auf dem Gang. Als er nachschaute, sah er Vornegger in Unterhosen den Flur entlanglaufen. Wie ein Rasender zerschlug er Blumentöpfe und Bildhalter auf dem Handlauf, einen nach dem anderen, wie sie ihm in die Finger kamen. Niemand traute sich, ihn aufzuhalten.

Eine Woche später kam er von der blauen Station zurück. Er konnte sich an alles erinnern, das quälte ihn. Es wiederholte sich, er konnte nichts dagegen tun. Er traute sich kaum noch, jemandem ins Gesicht zu schauen. Und die Mitbewohner schnitten ihn. Gestern noch zusammen an der Talsperre, heute vom einen zum anderen nicht mal ein Kopfnicken. So ist das hier. Irgendeine Angst vor Ansteckung. Bert ging es genauso. Auch er schreckte zurück, sobald er Vornegger sah, und änderte seine Spazierroute.

Vielleicht verschlimmerte oder beschleunigte Vorneggers Isolation die Sache. Die Schübe geistiger Verwirrtheit wurden häufiger, dauerten länger, die Rückkehr vom Pflege- in den Wohnbereich war nur noch gegen Proteste (auch von Teilen des Personals) möglich und endlich unmöglich. Da hörte er auf zu essen und blieb auf der blauen. Nicht mehr richtig zurechnungsfähig zu sein, muss ihn ja selbst angewidert haben. Hier gilt es als das Schlimmste vom Schlimmen, auch wenn man obenhin sagt: Die Huschis haben's gut, die merken doch nichts mehr. Die geistig normalen Bewohner grenzen sich strikt von den Dementen ab. In ihren Gesprächen existieren die anderen kaum. Jeder hat Angst. Angst vor blau.

Es heißt, Vornegger habe letztes Jahr noch Urlaub in Thailand gemacht. Nichts an ihm durfte *alt* wirken, auch die Haare hat er sich färben lassen. Die Spitzen sollen immer noch braun sein. Die alten Weiber schwärmten von ihm, die Männer nicht so. Sie fanden ihn überheblich, seine Jugendlichkeit lachhaft. Sie hatten ihm nichts entgegenzusetzen. Ein paar verhehlen kaum ihre Genugtuung über seinen Verfall. Bert selbst war ein einziges Mal mit Vornegger unterwegs. Was für ein merkwürdiger Mann! Alles, was über ihn gesagt wurde, schien wahr zu sein. Er war ein Geck, er war ein Angeber, beim Autofahren trug er Lederhandschuhe und raste wie ein Jungtürke. ‹Wo fahren wir hin?› – ‹Du wirst schon sehen›, oh, wie geheimnisvoll er tat. Als hätte er einen Landsitz, um ihn Bert zu zeigen, irgendeinen Schatz. Ständig schaute er in den Rückspiegel, bog, ohne dass sich das irgendwie angekündigt hatte, mit hoher Geschwindigkeit ab. Wen wollte er abschütteln? Nicht möglich, danach zu fragen. Bert wurde das Gefühl nicht los, dass Vornegger sich gleich über ihn beugen und, nur noch eine Hand am Steuer, aber selbstverständlich ohne abzubremsen, aus dem Handschuhfach das Viagra kramen würde (‹in fünf Minuten sind wir beim *Heaven's Hell*›).

Doch sie fuhren zum Italiener und aßen fürstlich. Toskanisch, Vornegger hatte wohl Wind bekommen von Berts alter Leidenschaft. Nachher machten sie, weil es ein regnerischer Tag war, einen Spaziergang durch die neue Mall. Damals reichte Bert noch der Stock! Der Steinboden der Einkaufspassage war gefährlich glatt. Vornegger lästerte über die kümmerlichen Pseudo-Cafés, die in den breiten Gängen zwischen magerem Grün den ein oder anderen Passanten bewirteten – die Leute so normiert wie die Einrichtung. Es ist schon recht so, unkte er, das Land hat die Kultur, die es verdient.

Vornegger wühlte in sämtlichen Körbchen, die ihren Weg säumten, nicht mal die Strings ließ er aus. Vor einer Apotheke blieben sie länger stehen. Der Verkaufsraum war schmal, ein langer, hellblau ausgelegter Gang führte in scheinbar unabsehbare Tiefen.

Auch hier zog Berts Begleiter alles Mögliche aus den Angebotskörben, von Lutschtabletten bis zum Hühneraugenpflaster. Er zeigte Bert die Namen auf den Medikamentenpackungen. Was für ein Schwachsinn. Darin waren sie sich einig. ‹Was wir eigentlich brauchen, gibt es hier nicht›, schimpfte Vornegger. Mit einer heftigen Bewegung schmiss er alles, was er in Händen hielt, zurück in die Körbe. ‹Was zum Abkratzen? Fehlanzeige. Gegen Entmündigung im Alter, für einen würdevollen Tod – so was müsste da stehen. Nicht: Verbesserung der Gedächtnisleistung, Verlängerung des Lebensabends. – *Lethefix* statt *Doppelherz. Ex und Hopp, Paradisan* – das bräuchten wir.›

Bert bemerkte zum ersten Mal, dass Vorneggers Hand zitterte. Ausgerechnet er, der vitalste von allen. Was hatte das zu bedeuten? Bert zog ihn fort, doch er schimpfte immer weiter. ‹Jedem Sträfling werden bei guter Führung die letzten Jahre erlassen. Uns erlässt niemand was, im Gegenteil, uns brummt man noch was drauf.›

Schauerlich. Als hätte er geahnt, was kommen würde.

Bert hat damals geschwiegen, was hätte er auch erwidern können? Der Hinweis auf Vorneggers Rüstigkeit schien ihm nicht angebracht. Und er selbst hatte bis dahin nie über so was nachgedacht. Er fragte sich auch, ob Vornegger ihn bloß deshalb mitgenommen hatte, um ihm seine krausen Gedanken unterzujubeln. Sie gingen weiter durch das Untergeschoss, vorbei an *Pimkie, dm, H&M*. Ein Schwarm junger Mädchen schloss sie für Sekunden ein und schien sie mit sich fortzutragen. Nach wenigen Sekunden voll Gerempel und Geschnatter standen sie wieder allein. Junge Mädchen wirken nur in der Vorstellung anziehend. In Wirklichkeit sind sie psychische und soziale Ich-AGs.

Der Gang führte nach dem letzten Laden noch ein Stück weiter. Quadratische Kunststeinkacheln mit Profil bildeten ab hier einen griffigen Boden, breite graue Stahltüren mit schwarzen Griffen und Federscharnieren verschlossen irgendwelche Lager oder Funktionsräume. Vornegger lief bis zur letzten Tür am Ende des Ganges. ‹Dahinter›, er klopfte auf den Hohlkammerstahl, ‹liegt die Lösung unseres Problems.› Unseres Problems? So sagte er tatsächlich. Angeblich kannte er jemanden, der hier Waffen lagerte. Ein zuverlässiger Mann, bei dem Vornegger sich eine Pistole kaufen würde.

Das war es dann schon, niemand öffnete, es gab keinen Handel. ‹Ich erzähle es dir›, meinte er auf dem Rückweg, ‹weil man solche Dinge jemandem erzählen muss, um sie zu überprüfen. Ich weiß jetzt, dass es richtig ist, die Pistole zu kaufen. – Außerdem wusste ich, dass du es verstehen würdest. Vielleicht willst du auch eine?› – ‹Was?› – ‹Na, eine Pistole. Mit ein paar Schuss Munition. Vielseitig verwendbar.› Er lächelte dünn. Was mag sich damals auf Berts Gesicht gemalt haben?

Plötzlich tippte Vornegger sich an die Stirn. ‹Weißer Jahrgang, hab ich recht?› – ‹Ja. Nein. Ich bin ausgemustert.› Warum, sagte er ihm nicht. ‹Macht nichts, ich kann dir zeigen, wie man damit umgeht.› Eine Pistole … was um Himmels willen sollte er damit? Was sollte das überhaupt? Konnten sie nicht friedlich sterben, wie alle anderen auch?

Bert begriff damals nichts. Heute hat er verstanden, was Vornegger meinte. Es ging darum, nicht alle Entscheidungen aus der Hand zu geben, vor allem nicht die eine, endgültige. Sich eine letzte Tür offen zu halten. – Oder es wenigstens zu versuchen. Er hat keine Ahnung, ob Vornegger sich tatsächlich eine Waffe gekauft hat. Gebrauchen könnte er sie nicht mehr.

Seit diesem Nachmittag hat Berts Denken eine neue Richtung genommen. Oder seit sein Zustand sich zusehends verschlimmert hat. Es stimmt, sie haben alle zu lange gewartet. Bis man darauf kommt, dass es besser sein könnte zu gehen, hat man seine Möglichkeiten verspielt. Kann nicht mehr Auto fahren, nicht mehr laufen, nicht mehr hören, nicht mehr sprechen. Bekommt von niemandem mehr was, weil alle sofort denken: Hoppla, will der sich jetzt umbringen. Strom und Gas sind zu Hause abgestellt. Hier in der Residenz sind sie zu gut gesichert. Der verrückte Pfleger, der serienmäßig Alte über den Jordan bringt, arbeitet immer in dem Heim am anderen Ende der Stadt … Beim Gespräch mit Vornegger hat

Bert noch gedacht, dass er sowieso zu sehr am Leben hinge, um es freiwillig aufzugeben. Einen Monat später war das schon ganz anders. Dieses Restleben ist nun nichts mehr wert. Weg damit. Besser wird es nicht mehr.

Er war nie selbstmitleidig. Doch jetzt steigen die Tränen in ihm auf, die machen auch schon mit ihm, was sie wollen, rinnen die Wangen herab und stürzen auf den Kragen seines Sweaters. Und, na klar, schon zittern auch seine Hände, er braucht eine Ewigkeit, um die aus der Brusttasche hängenden Ohrhörer zu fassen, noch eine, um sie reinzufummeln. Immer wieder fallen sie raus, weil er sie nicht fest genug hineinbekommen hat oder sie mit seinem Zittern selbst wieder losreißt, immer wieder verheddern sich die dünnen, schwer zu beherrschenden Kabel. In seiner Ungeschicklichkeit zurrt er die Schleifen zu Knoten fest, die er selbst nicht mehr aufbekommen wird. An einer Seite geht dauernd das Polster ab, Bert wird Schwester Bubi bitten müssen, es aufzuheben. Sie wird wie immer sagen: ‹Sie brauchen unbedingt neue Ohrhörer, soll ich Ihnen nicht welche mitbringen?› Sie ist so lieb.

Als die Dinger endlich drin bleiben, dauert es eine dritte Ewigkeit, bis er die Lautstärke geregelt hat. Er ist wütend auf sich selbst, weil er das Ding nicht mal an die Wand schmeißen kann. Endlich kann er sich zurücklehnen, der erste Satz ist fast vorbei. Hat es geklopft? Für Bubi ist es noch zu früh. Wenn sie zu anderen als den gewohnten Zeiten kommen, bedeutet das nichts Gutes.

Um 14:35 Uhr senkt sich die Klinke. Die Gestalt in der sperrangelweit offenen Tür wirkt fast schwarz in einem Kranz aus Licht, der sie wie eine Aura umstrahlt. Hartes Wintersonnenlicht. Es scheint durch die Glaswand auf der anderen Seite des Flurs. Am linken Ellbogen hat die Erscheinung eine fußballgroße Geschwulst. Schwester Bubi ist das nicht. Wer mag es sein? Ein Arzt? *Der* Arzt? Bert hat keine Veranlagung für Schauergeschichten. Es muss wohl an seinen trüben Gedanken liegen oder an der wenig tröstlichen Violine in seinem Ohr, dass ihn die Vorstellung durchhuscht, der da vorn käme, um ihn zu holen. Er hat tatsächlich eine Gänsehaut bekommen. Bereitwillig lässt er alles fahren, will nur noch gehorchen und folgen, wohin immer es gehen mag. Das Prickeln wird stärker, die Haut fühlt sich am ganzen Körper straff gespannt an. Innerlich dagegen ist er weich wie frisch geschnittenes Gras, das feucht und kühl auf seine Hände fällt.

Die Luft im Zimmer ist mit dem Öffnen der Tür in Bewegung geraten, doch sonst bewegt sich nichts und niemand. Was bedeutet das? Unentschlossenheit bei seinem Gegenüber? Oder müsste Bert etwas tun und kapiert bloß nicht, was? Er staunt und starrt. Mit der Zeit lockert sich der Bann, er sieht nun besser, wen er vor sich hat. Die Geschwulst erweist sich als Sturzhelm. Die Gesichtszüge bleiben schwer bestimmbar.

Auf dem Kopf dünnes Haar, ein Mann mittleren Alters. Die Haltung kommt Bert bekannt vor, das Hängende, Schlaffe darin und die leicht eingeknickten Beine – sollte das am Ende Gert sein? Es durchfährt ihn heiß, wie bei einer plötzlichen unangenehmen Begegnung. Schon ist er sich sicher, gegen alle Wahrscheinlichkeit. Genau so stand der Junge immer da. Als er noch klein war, dachte Bert häufig, er hätte die Hosen voll. Wie hat er es nur je vor eine Kamera geschafft? Bert hat sich das immer gefragt, auch wenn er zugibt, dass sein Sohn im Fernsehen vorteilhafter wirkte als in Natur. Deshalb dachte er immer, es müsste eine Veränderung mit dem Jungen vorgegangen sein oder dass er begonnen hätte, Sport zu treiben. Es sieht nicht so aus. Was mag aus ihm geworden sein? Seit der Prozess abgeschmettert wurde, war nichts mehr über ihn zu lesen. – Da hat er also einen Helm am Arm und scheinbar auch eine Lederjacke an. Früher mussten sie eng sitzen, heute wohl eher schlabbern. Gert hat doch nicht mal einen 1er-Führerschein. Jedenfalls hatte er keinen. Der Junge steht wie angewurzelt da. Wenigstens die Tür könnte er zumachen. Kaum hat Bert das gedacht, hört er schon den Knall. *Wumms*. Geradezu wütend.

«Tag, Bert.»

Mehr sagt er nicht. Weiter kommt er nicht herein.

«Fährst du jetzt Motorrad?»

Bert erschrickt über seine eigene Stimme. Kratzig, fistelig, wie getrocknet. Und praktisch unverständlich. Das kommt vor, wenn er, wie heute, den ganzen Tag lang nicht gesprochen hat. Räuspern hilft nicht.

Ohne das Licht vom Flur sieht er Gerts Gestalt noch schlechter. Doch ein Irrtum ist unmöglich. Man spürt so was. Komm halt rein.

Da fühlt Bert sich schwer werden. Wie eine Planetensonde sinkt er hinab und setzt in felsigem Gelände auf. *Tock*. Von nun an bewegungslos. Als würde jemand den Stecker rausziehen oder die Pausentaste drücken. Reglos sitzt er da und glotzt seinen Sohn an. Bert hat gelernt, diese Aussetzer als einen Teil seiner Erkrankung und damit seiner selbst zu betrachten und anzunehmen. Trotzdem, dem Jungen gegenüber ist ihm das peinlich. Am Rand des Gesichtsfeldes sieht er seinen Schnurrbart zittern. Die Zähne zusammengebissen. Als es vorbei ist, rupft er als Erstes die Ohrhörer raus. Sie fallen lautlos. Der ohne Schaumstoff schlägt erstaunlich hart gegen seinen Handrücken. Unter der Arschbacke spürt Bert sein Portmonee.

Endlich stapft Gert vorwärts. Tapsig wie ein Astronaut, dazu benötigt er nicht mal eine sperrige Ausrüstung. Kaum hat er den flurartigen Vorraum durchquert, bleibt er wieder stehen, quasi auf Maximalabstand. Endlich macht er den Mund auf. Er steht krumm, in sich zusammengesunken, und hebt, fast schon bevor das erste Wort seinem Mund entschlüpft ist, entschuldigend die Arme; die Hände entfernen sich vom Körper, den sie bis jetzt schützend bedeckten, nicht weit, aber es reicht, damit der Helm gegen die Wand schlägt. Im Fernsehen mag so was lustig aussehen, hier wirkt es armselig.

«Ist es immer so dunkel bei dir?»

Ja, tatsächlich, ist dir das aufgefallen. Ja, es ist dunkel, dunkel wie in meinem Herzen. Dunkel wie meine Aussichten. Dunkel –

«Die Luft ist auch nicht … besonders sauerstoffreich. Vielleicht könnte man … etwas Licht, ein bisschen Helle.»

Gert deutet auf die Schalterleiste, nicht aufs Fenster. Starr mich nicht so an, Junge. Das gehört sich nicht. Außerdem heißt es *Helligkeit*. Bert hält sich vollkommen zurück; er nickt bloß, und der Junge drückt auf Anhieb den richtigen Schalter. Drei funzelige Birnchen schummern auf. Bubi hat Recht, wenn sie sagt, dass es zu wenig sei für die Größe des Raums. Des einen Raums, in dem sich nun sein ganzes Leben abspielt. ‹Leben› nennt man es aus Gewohnheit. Es verdient eine andere Bezeichnung.

Ausnahmsweise gafft Gert mal die Lampe an. Zwei Rauchglasblasen hängen ja noch an den vergilbten Kabeln von dem auf Mahagoni gemachten Schiffchen herab, am dritten Kabel sitzt in ihrer Fassung die nackte Birne. Es ist nur andeutungsweise ein Schiff. Sie haben die Lampe seit Gerts sechzehntem Geburtstag. Der Junge fand sie ganz toll, als Marlen sie mit nach Hause brachte. Bert dagegen fand sie immer hässlich. Als er hier einzog, nahm er sie trotzdem mit – wozu noch eine neue kaufen? Ob sie dem Jungen immer noch gefällt? Jedenfalls schaut er schon nicht mehr hin, sondern wieder auf seinen Vater. In dem neuen Licht wirkt das noch aufdringlicher als zuvor, es grenzt an Überwachung, an Filmaufzeichnung jeder Bewegung. Bert senkt den Kopf; er ist ein Freak, *er* ist die Show. Und so, mit auf die eigenen Beine gerichtetem Blick, wispert er: «Welch eine Überraschung. Schön, dass du gekommen bist.»

Immer noch brüchig, heiser und hoch, diese alte Stimme. Gert erwidert nichts. Er schaut sich um, als suchte er was.

«Fühlst du dich eigentlich wohl hier?», fragt er schließlich und zeigt mit der Hand im Raum herum. Dabei rutscht der Motorradhelm von seinem Ellbogen über den Unterarm herab und verhakt sich an seiner Hand. Er verzieht das Gesicht, jetzt fasst er ihn am Kinnschutz, er legt ihn nicht ab.

Das einzig Gute an den Aussetzern sind die Momente danach, Minuten, in denen Bert sich entspannt fühlt, still und innerlich aufgeräumt wie nach heftigem Weinen. Früher wäre er auf solch einen Vergleich nicht gekommen. Zum ersten Mal an diesem Tag hat er das Gefühl zu sitzen. Oberschenkel und Gesäß ruhen auf dem Polster, der Rücken liegt mit seiner ganzen Fläche an der Lehne, nirgends ein Zeichen von Verspannung. Abgesehen von diesen Momenten, ist das Sitzen eher ein Kampf gegen den

Sessel, der ihn entweder tief in die nachgiebigen Polster zieht oder mal nach links, mal nach rechts aus dem Gleichgewicht zu kippen droht. Jetzt dagegen ist es nicht mal nötig, sich mit den Händen auf den Seitenlehnen zu stabilisieren. Der Kopf hebt sich von selbst, ein Blick fällt auf den Jungen, der endlich einen Platz auf dem Boden sucht, um seinen Helm abzustellen. Das Bücken scheint ihm Mühe zu bereiten, überhaupt scheint Gert rapide gealtert zu sein in den vergangenen zehn Jahren. Bei ihrer letzten Begegnung hatte er noch nicht diese hohe Stirn, auch nicht den runden Rücken. Die hängenden Schultern dagegen schon immer.

Erschreckend ist besonders sein Gesicht. Mag sein, dass die fehlende Maske alles krasser wirken lässt, aber kann ein bisschen Puder wirklich so viel verdecken? Diesen komplett müden Ausdruck? Die großen Tränensäcke hängen tief herab, ebenso die verdickte obere Lidhaut; wenn er den Kopf senkt, wirken die Augen wie geschlossen. Die Haut ist grau, die Wangen bammeln als fleischige Läppchen seitlich runter, der Mund sitzt, nun ja, wie ein hässliches Loch im Gesicht, umrahmt von schmalen, farblich kaum von der Haut unterscheidbaren Lippen, die überdies verrunzelt sind wie bei einer alternden Frau.

Bert ist sich darüber im Klaren, dass die meisten seiner Beobachtungen auch auf ihn selbst zutreffen, aber – gute Güte – er hat reichlich zwanzig Jahre mehr auf dem Buckel. Mit fünfzig zeigten sich bei ihm nicht die geringsten Verschleißerscheinungen oder doch nur die geringsten. Bis er voriges Jahr krank wurde, fühlte er sich noch rüstig, *fit* wäre nicht übertrieben. Jetzt ist freilich alles hin. Vielleicht ist es ihm auch deshalb so unerträglich, weil die Krankheit einen echten Bruch bedeutete. Er war bis dahin noch kein Wrack.

Endlich zieht Gert sich einen Stuhl ran, setzt sich, nicht bloß vorn auf die Kante, nein, er setzt sich richtig hin. Die Hosenbeine rutschen ihm hoch, zwischen Saum und Socken zeigt sich ein Stück Bein. Das sind gar keine Motorradklamotten, die er trägt, es sind gewöhnliche Kleider. Auch die Schuhe sind nichts anderes als Straßenschuhe, als wäre er eben mal um die Ecke gefahren, um auf einen Sprung seinen Vater zu besuchen. Wer weiß, vielleicht wohnt er tatsächlich ganz in der Nähe.

Die Jacke ist auch nicht aus Leder, wie er anfangs dachte. Desto bekannter kommt sie ihm vor. Natürlich! Die gleiche hat Bert selbst im Schrank hängen, in Senfgelb. Das ist der einzige Unterschied. Wer hätte das gedacht, der Junge kauft bei C&A ein. Früher, als Jugendlicher schon, legte er viel Wert auf individuelle Kleidung, um damit sein Selbstwertgefühl aufzupolieren. Wie kommt jetzt das?

Komisch, an Gert wirken diese Sachen tatsächlich billig. Sie lassen ihn heruntergekommen aussehen; zusammen mit dem müden Gesicht und der eingesunkenen Körperhaltung wirkt er fast schon gebrochen. Ein deprimierender Anblick. – Was mag geschehen sein? Dass ihm die Sendung weggenommen wurde, nachdem er seiner Assistentin den Hintern getätschelt hatte, kann ihn doch nicht so zugrunde gerichtet haben. Auch wenn er ein weicher Typ ist. Normalerweise kehrt man in so einem Fall doch ein, zwei Jahre später mit dem unschuldigsten Lächeln zurück vor die Kameras und in der Zwischenzeit schreibt man seine Biografie. Außerdem ist nicht mal gesagt, ob die Geschichte überhaupt wahr ist. Bert weiß all das ja nur aus den Medien. Vielleicht war es der Unfall. Womöglich fühlt er sich schuldig an dem Tod des Mädchens auf dem Beifahrersitz (während er selbst angeblich unverletzt blieb). Sie scheint ja seine Freundin gewesen zu sein. Fast noch ein Kind – wiederum natürlich nur, soweit man den Berichten Glauben schenken darf. Aber doch alt genug, um zu wissen, dass man sich anschnallen muss. Halt, nein, angeschnallt war sie ja wohl.

Jetzt könnte er einen Schluck Wasser vertragen. Berts Mund fühlt sich unangenehm trocken an, außerdem ermüdet er geistig, auch da hilft Wasser. Gern würde er seinem Sohn was anbieten. Im Schrank steht Kognak, den wird Gert nicht trinken wollen. Schließlich muss er noch fahren. Bert versucht es mit Blicken, denen der wie träumend dasitzende Junge nur gelegentlich begegnet. Ohne fremde Hilfe kann Bert nicht aufstehen. Hätte er gewusst, dass Besuch kommt, hätte er den Gehbock nicht so weit weg stehen lassen. Daran kann er sich nämlich ganz gut hochziehen. Jetzt steht er drei Schritte vom Sessel entfernt. Das ist eigentlich ein Spiel, Bert macht sich auf diese Weise vollkommen von Schwester Bubi abhängig. Er muss so lange sitzen bleiben, bis sie kommt (die Klingel ist tabu). Wenn sie sich verspätet, wird es umso schöner. Sie als Einzige hat es verstanden, ihm jegliche Scham zu nehmen. Sich vor ihr abzumühen, bis er keuchend und zitternd auf den Beinen steht, macht ihm nichts aus. Er würde sich alles von ihr machen lassen, sogar füttern dürfte sie ihn. Sogar die Zähne rausnehmen, sogar an ihm rumschnippeln, falls er sich aufliegen sollte. So weit wird es nicht kommen, dafür sorgt er schon. Unerschütterlicher Grimm – ein gutes Gefühl.

Aufstehen kann er trotzdem nicht. Gert wird Flasche und Gläser holen müssen; Bert wird ihn auch bitten müssen, ihm die Schuhe zu schnüren, falls sie, wie Bert sich wünscht, bald von hier weggehen an einen neutralen Ort. Das Bitten fällt ihm schwer, auch wenn sich gar nichts Unzumutbares oder Unappetitliches damit verbindet. Zumal sie noch kaum was gesprochen haben, zumal er bis zu dieser Sekunde nicht weiß, was seinen Sohn nach zehn Jahren Kontaktarmut (während der drei Jahre seit der Scheidung von Marlen herrschte völlige Funkstille) überhaupt herführt. Braucht er Geld oder sucht er Streit? Will er sich am Ende gar versöhnen? Bert würde ihm herzlich gern die Hand reichen. Na, erst mal abwarten. Vielleicht will der Junge auch bloß sehen, wie sein Vater lebt. – Los jetzt, gib dir einen Ruck!

«Das Auto war wohl Schrott?»

Gert zieht die Brauen zusammen, als müsste er über diese Frage nachdenken. Das war ja auch ein bisschen mit der Tür ins Haus oder fast schon wieder hinten raus. Überraschend nicht nur für den Jungen. Bert wird hektisch.

«Weil du doch jetzt mit dem Motorrad … sonst hättest du sicher nicht den Helm da … ich, also … vielleicht könntest du, nur ein Schluck Wasser, du willst doch sicher was trinken?»

Wie grauenhaft. Fängt er jetzt auch noch zu stammeln an? Diese Unfallgeschichte nimmt in seinem Kopf schon viel zu viel Raum ein, er hätte das Dossier nicht anlegen dürfen, dann könnte er auch nicht immer wieder darin blättern und grübeln.

Zum Glück steht Gert auf und öffnet umstandslos zwei Schranktüren. Ohne sie wieder zu schließen, die nächsten beiden. Da hängen Berts Kleider, der Junge streicht mit der Hand drüber, die leeren Bügel am linken Ende der Stange klappern – das müsste wirklich nicht sein. Die Wasserflasche stand doch schon genau vor seiner Nase. Will er jetzt die Schränke durchwühlen?

«Vor dir», ruft Bert ungeduldig, «ein bisschen weiter links.»

Anscheinend hat der Junge das Wasser jetzt bemerkt, er lässt die anderen Türen lärmend zuflappen und greift nach der Flasche.

«Gläser sind im Bad», flüstert Bert.

Er fühlt sich erschöpft, angenagt von der eigenen Peinlichkeit. Und er wünscht sich, dass er wieder allein wäre. Wer möchte seinem eigenen Kind schon ein derartiges Schauspiel bieten. Im Bad zersplittert etwas auf dem Fliesenboden. Immer noch derselbe Tollpatsch. Wenigstens darin stehen sie sich nun nicht nach. Und wieder schiebt sich Gerts Unfall in seine Gedanken, während er auf den Jungen wartet, der sicher dort hinter der Rigipswand die Scherben aufliest. Sie werden sich ein Trinkgefäß teilen müssen. Gert kommt lange nicht wieder.

Wie mag es sich anfühlen, auf Glas zu kauen? Während Bert darüber nachdenkt, spürt er plötzlich seine Zunge am Gaumen kleben. Bonbongroße Stückchen, sie knirschen, wenn sie aneinander reiben, sandige kleine Splitter lösen sich, nicht spitz oder scharfkantig – es ist schließlich Sicherheitsglas. Trotzdem muss der Geschmack widerlich sein. Bei der Vorstellung, wie die Splitter sich dem Rachen nähern, würgt er unwillkürlich. ‹Geschmack› ist im Übrigen falsch, Glas schmeckt ja nach nichts. Wenn man versucht, die Trümmer mit der Zunge aus dem Mund zu schieben, wehren sich besonders die kleineren Stücke, man muss die Hand zu Hilfe nehmen. Falls noch eine frei und beweglich ist.

Die Frage bleibt, wie es überhaupt dazu kommen

konnte. Wenn eine Frontscheibe bricht, sollten die Splitter weitestgehend im Verbund bleiben, dafür sorgt die Folie zwischen den beiden Glasschichten. Eine zertrümmerte Autoscheibe bleibt doch eine Scheibe, freilich nicht durchsichtig und formstabil. War der ‹Mund voll Glas› die Erfindung eines Boulevardjournalisten? Unwahrscheinlich – immerhin wurde die Angelegenheit tagelang in verschiedenen Blättern diskutiert. Von Seiten des Herstellers hieß es schließlich, die Scheibe habe schon vor dem Unfall einen Schaden gehabt, ein so genanntes Kuhauge. Durch dieses möglicherweise winzige Loch muss wohl eine Flüssigkeit eingedrungen sein, die nach und nach die Verbindung zwischen Glas und Kunststoff auflöste. So die Presse. Welche Flüssigkeit das sein mochte – darüber kein Wort. Doch wohl kein Wasser! Jedenfalls war aus dem Verbundglas eine Art Trennglas geworden, und so kam es, dass die einzelnen Splitter, statt einen Teppich zu bilden, durch die Gegend flogen, und infolgedessen bekam Gert sie offenbar in den Mund. (Von dem Mädchen hatten sie geschrieben: ‹Die Tote hing wie ein Fledermäuschen in ihrem Sitz.› – ‹Wie ein Schneewittchen im zertrümmerten Sarg.› – ‹Ihre Schenkel bedeckte ein grausiges Scherbengeschmeide.› Ungefähr so was.)

Natürlich könnte Bert seinen Jungen auch fragen, wie es war. Später. Später wird er das tun. Und natürlich wird er nicht fragen, oder höchstens beiläufig, wie das mit dem Glas war. Er wird ihn die wichtigen Sachen fragen: Wie war das für dich, so lange eingeklemmt neben einer Toten zu sitzen? Hast du dich nicht furchtbar hilflos gefühlt? Bist du damit fertig geworden? Und er wird seiner Freude Ausdruck geben darüber, dass sein Sohn den schrecklichen Unfall so gut wie unversehrt überlebt hat. Ob es geschickt wäre, von der ‹Toten› zu sprechen? Deine ‹Begleiterin›, deine ‹Freundin›? ‹Geliebte›? All diese Begriffe sind in den Medienberichten aufgetaucht. ‹Beifahrerin› wäre eine neutralere Möglichkeit, vielleicht zu neutral. Kopfunter hingen sie in den Anschnallgurten, nur einmal hat er gelesen, dass *sie* aus dem Wagen geschleudert wurde. Sie soll sofort tot gewesen sein oder noch ein paar Stunden gelebt haben, bevor sie, ohne noch einmal wach zu werden, starb.

Es gab auch Fotos von dem Unfallwagen, allerdings nach dem Aufschneiden und Abtransportieren. Die Vorderachse war so verbogen, dass ein Rad praktisch waagrecht stand. Blechteile ragten überall hervor, der gesamte Motorraum war ein Klumpen, von dem alles Mögliche abstand, das Rad, ein Stück Stoßstange, die zusammengeknautschte Haube. Eine Lampe hing herab wie ein ausgerissenes Auge. Die Fahrgastkabine wirkte dagegen beinah unversehrt. Aus dem Bad dringt ein Ächzen. Altbekannte Geräusche. Schon als Junge stöhnte Gert beim Aufstehen und Hinsetzen wie ein Rentner. Bei allen möglichen Gelegenheiten ließ er sich mit gequälten Lauten hören. Auch das schien er sich fürs Fernsehen abtrainiert zu haben.

Bert schaut auf die Uhr. 14:48. Bubi wird jeden Moment kommen. Wenn sie Spätdienst hat, kommt sie immer zwischen Viertel und zehn vor drei. Sie ist das Glanzlicht seiner Tage, genau genommen ein Streichholzleuchten gegen ein Meer von Finsternis. Ihre freien Tage bereiten ihm Qualen. Urlaub – undenkbar. Bubi weiß, wie wichtig ihm ihre Gegenwart ist. Deshalb hat sie ihm diese Uhr geschenkt. Sie geht wirklich exakt. Ein Funksignal teilt ihr über Langwelle die genaue Zeit von vier Atomuhren mit. Die Abweichung beträgt weniger als eine Sekunde in einer Million Jahre.

Von vorn betrachtet, ist die Uhr bloß ein schwarzer Kasten mit silbernem Rahmen. Stunden und Minuten stellt sie mit litschifarbenen Punkten dar, unter dem Ziffernpaar lassen sich wahlweise die Sekunden, das Datum oder der Wochentag einblenden. Bei Bert steht unten der Tag. Außen herum leuchtet sowieso Sekunde für Sekunde ein Lichtlein auf, bis der Kreis um die Uhrzeit voll, die Minute um ist. Diesem Rad schaut er gern zu – wie der Kreis sich schließt und im Moment seiner Vollendung vergeht, wie das Spiel augenblicklich mit einem einsamen Punkt von vorn beginnt. Das Verrückte ist, dass er darüber die Zeit vergisst. Denn nach einer Weile sieht er nur noch den Kreis, nicht mehr die Ziffern darin. 14:49. Jedenfalls wenn er nicht auf Bubi wartet. Die, als er ihr Geld geben wollte, behauptete, die Uhr sei ganz billig gewesen, sie habe sie quasi geschenkt bekommen.

Es gibt sogar eine Fernbedienung dafür. So was hat er bis dahin noch nicht gesehen. Wie einen Fernseher kann er die Uhr umschalten, und sie zeigt ihm zum Beispiel die Raumtemperatur oder die Außentemperatur (ein Durchschnittswert, gebildet aus den Daten von fünf Mess-Stationen in der Region). Die Anzeige von Datum und Wochentag gibt es noch mal extra, sogar die Raumfeuchtigkeit kann dieses quadratische Miniaturwunder ermitteln.

Der Nachteil besteht in der komplizierten Bedienbarkeit. Manchmal klappt das Umstellen nicht, manchmal passieren sehr merkwürdige Dinge, von denen nichts in der Gebrauchsanweisung steht (schlechtes Englisch übrigens, aber er kann sich meistens einen Reim darauf machen). So hat er einmal erlebt, wie die Anzeige wild zu blinken begann und, obwohl es bei einer Funkuhr gar keinen Sinn hat, die Zeit einzustellen, die Ziffern rückwärts rasten – wahrscheinlich weil er auf der Fernbedienung die falsche Kombination von Knöpfen gedrückt hatte. Er konnte nichts tun als zuschauen. Später rasten die Ziffern wieder vorwärts auf die richtige Uhrzeit, das ließ sich mithilfe des Videorekorders überprüfen. 14:50. Völlig unverständlich ist ihm ebenso, warum die Fernbedienung nur vier Knöpfe hat und unter seinem Daumen komplett verschwindet, wenn er darauf drückt. Ein dermaßen kleines Mistding verliert man noch dazu leicht.

Die Uhr besitzt selbstverständlich eine Weck-

sowie eine Stoppfunktion. Beides ist kompliziert einzustellen und auch noch nie benutzt worden. Punkt zwölf Uhr mittags und Punkt null Uhr nachts beginnt der Sekundenkreis zu blinken, die Uhr spielt eine kleine, fröhliche Melodie, ganz als finge ein neues Jahr an oder so was. Weder Bubi noch er konnten das bisher abstellen.

Punkt um Punkt leuchtet auf, der Kreis ist schon wieder zu drei Vierteln voll. 14:51. Warum kommt sie nicht? Sie wird doch nicht krank sein, sie war noch nie krank. Ungeduldig erwartet Bert, dass die Tür sich öffnet. Stattdessen hört er im Bad den Mülleimerdeckel zuklappen. Der ist ja auch noch da. Ob sie am Ende deshalb nicht kommt? Nur weil er Besuch hat? Einen, der ihn mit Sicherheit nicht mal einladen wird, ein Stück Kuchen zusammen zu essen oder auch bloß frische Luft zu schnappen? Das soll sie nicht, das darf sie nicht! Sie muss kommen! Er wird noch warten, bis es fünf vor ist, dann klingelt er nach ihr. Dass Gert da ist, wird sie beide nicht stören.

Noch bevor eins zu zwei wird, ertönt das energische *Klack* des Schnappers, die lange schuhlöffelähnliche Klinke hat sich gesenkt, das Türblatt schwebt an gut geölten Angeln in den Raum. Vom Flur flammt rötliches Nachmittagslicht herein, da kommt sie, dunkel und strahlend zugleich, wie immer rückwärts ins Zimmer. Schwester Bubi. Sie hat die Türklinke mit dem linken Ellbogen gedrückt, sie wird sie gleich mit einem leichten Fußtritt schließen. Erst wenn sie den

Vorraum zu zwei Dritteln rückwärts durchquert hat, dreht sie sich um, zeigt ihm, was auf dem Tablett steht und ihr strahlendes Gesicht. Wäre nicht auch das Leuchten ihrer Augen verschenkt, wenn sie sich bei noch geöffneter Tür im vollen Gegenlicht schon von vorn zeigte?

Doch als es so weit ist und Bert ihr ins Gesicht schauen kann, wirkt es grau und ihre Augen glänzen wie von Tränen.

3.

Beide Hände voller Scherben steht Gert vor dem Mülleimer und traut sich nicht, den Deckel nach innen zu drücken. Die riesigen Buchstaben PUSH in der verchromten Fläche scheinen ihm zu drohen. Außerdem lehrt die Erfahrung, dass diese Klappen oft verflucht stramm sitzen. Spannt er die Muskeln zu sehr an, schließt er die Hand zu fest, wird er sich an den Scherben schneiden. Er versucht, den Deckel mit dem Knie aufzustoßen, ohne Erfolg. Ihm bleibt nichts anderes übrig, als die mühselig eingesammelten Splitter auf dem Waschbeckenrand abzulegen, um wenigstens eine Hand frei zu bekommen. Es macht nicht viel Arbeit, aber erhöht die Gefahr, sich zu schneiden. Das regt ihn auf. Schon dass ihm das Glas hinfiel (obwohl er geglaubt hatte, seine Linke sei fest geschlossen), machte ihn wütend. Und natürlich schneidet er sich, oder vielmehr er piekst sich. Helles Blut quillt aus der Fingerkuppe. Gert öffnet den Wasserhahn. Der monströse Mischhebel weicht der leisen Berührung bis zum Anschlag aus. Ein unverhältnismäßig reicher Wasserschwall wäscht den dicken dunklen Tropfen weg. Dieses Blut. Früher haben Verletzungen ihm nicht viel ausgemacht, das hat sich geändert. Er will kein Blut mehr sehen, keines mehr schmecken. Als er nach einer Weile das Wasser abstellt und der Finger immer noch blutet, schließt er die Augen und steckt ihn doch in den Mund. Schließlich muss es ja aufhören.

Der Plastikbeutel im Eimer erstickt jedes Geräusch. Er hätte nicht hierher kommen dürfen. Gert hat sich den Zustand seines Vaters fast schlimmer ausgemalt, als er ist. Trotzdem ist es schockierend, ihn so zu sehen. Er hat ihn niemals schwach erlebt. Seit er in dem dunklen, muffigen Zimmer war, meint Gert, er müsse etwas tun. Den Alten irgendwie versorgen, ihm helfen. Neben dem Sessel steht eine Gehhilfe, demnach kann Bert noch laufen. Dennoch stellt Gert sich dauernd vor, ihn in einem Rollstuhl vor sich her zu stoßen. Alle paar Schritte schubst er den Stuhl kräftig an. Dann rollt er ein Stück weit frei, wird langsamer, Gert holt ihn ein und stößt ihn erneut vorwärts. Das Ganze auf einem schlechten Waldweg mit riesigen Pfützen. Wie soll er es fertig bringen, zurück zu seinem Vater in das Zimmer zu gehen? In diese künstliche Dunkelheit, die von den Sparzwang-Kerzenbirnen eher betont als verringert wird? Seine Knie sind weich geworden, er hat das Gefühl, unbedingt etwas essen zu müssen, ohne dabei im Geringsten hungrig zu sein.

Gert lässt sich auf einen Hocker sinken. Er betrachtet seine Visage im Spiegel. Die Konturen sind aufgeweicht, er wirkt müde. Älter, als er ist. Liegt es wirklich daran, dass er sich an die Maske gewöhnt hat? Das kleine Wunder, nach einer Viertelstunde unter den Händen der Maskenbildnerin nach etwas auszusehen? Sie bewirkte eine Verwandlung. Der Schwung, mit dem er nachher aus den Kulissen trat, war nicht gespielt. Für fünfundzwanzig Minuten am Tag war er vollkommen anwesend, frisch, entspannt, echter guter Laune. Und genauso zuverlässig, wie dieser Effekt sich einstellte, stürzte Gert nach der Sendung ab, weil er sich jedes Mal erinnerte, dass eigentlich jemand anderes für die Sendung gecastet worden war, dass nur ein Zufall ihn an diesen Platz befördert hatte, den der andere zweifellos besser ausgefüllt hätte. Immer wartete er darauf, von wütenden Zuschauern als Scharlatan entlarvt zu werden. Dabei wussten ja alle beim Sender, wie es gelaufen war; der eine oder andere machte sogar Witze darüber.

Draußen geht gerade die Tür auf. In einem Blitzlicht sieht er Marlen in Berts Zimmer rauschen, Kamelhaarmantel, schwarze Handtasche mit langen Tragschlaufen. Frisches Rot in den Haaren. Sie verkörpert den Senta-Berger-Typ; man würde sie eher für Gerts Schwester als für seine Mutter halten. Sie haut die Handtasche aufs Bett, auch darin wirkt sie nicht wie fünfundsechzig, sie sagt: ‹Ich zieh den Mantel gar nicht erst aus, ich brauch nicht lange› und fängt an, ihrem Mann die Leviten zu lesen. Gert steht jetzt hinter ihr, mit dem alten Schwung tritt er auf, hält dann aber verunsichert inne, als hätte ihm niemand den Punkt bezeichnet, auf den er sich stellen soll. Was nun? Warten, bis sie mit Reden fertig ist (und das kann dauern, auch wenn sie etwas anderes angekündigt hat), oder soll er sich räuspern, sprechen, ihr am Ende gar auf die Schulter tippen?

Da dreht sie sich schon um, schaut ihn halb fragend, halb missbilligend an und trägt anstelle des Mantels das gleiche stewardessenmäßige Kostüm wie die Frau am Empfang. Am Aufschlag hängt auch das obligatorische Namensschild. PAULINE *Zeilenwechsel* BUBI. Ihre Haare sind blond und auf natürlich wirkende Weise gelockt (auf dem Foto daneben scheinen sie eher dauergewellt). Sie schaut ihn an wie einen Einbrecher, vor dem man sich nicht ängstigt. Sie wirkt sogar ein bisschen abwesend, als müsste sie in ihrem Gedächtnis kramen. Er merkt, wie sein Show-Lächeln gefriert. Manchmal bedauert er, von der Schauspielschule geflogen zu sein.

Bert klärt vom Sessel aus die Situation. Kurzes Nicken der Schwester.

«Ich geh raus», sagt Gert schnell. Soll der Helm bleiben, wo er ist. Er braucht ihn ja gar nicht mehr. Das Motorrad liegt draußen völlig unauffällig auf dem Parkplatz. Er sieht nun keine Möglichkeit mehr, es da wegzubekommen. Er müsste jemanden um Hilfe bitten. Das wäre an sich nicht so schlimm, aber wie soll er das begründen? ‹Mein linker Arm ist taub›? (‹Ach, und so fahren Sie Motorrad?›) Noch dazu, wo mit einiger Wahrscheinlichkeit ein Mediziner oder Altenpfleger vor ihm stünde (‹Haben Sie das mal untersuchen lassen?›). Es wäre die einfachste aller Möglichkeiten gewesen, um sich zu verabschieden. Gas geben, ein kleiner Schlenker, ein Brückenpfeiler – du hast keine Chance, null Prozent. Scheiße.

«I wo denn, du störst nicht.»

Bert hat seine alte Stimme jetzt ganz und gar wieder. Sie klingt aber noch schlimmer als die komische, eingerostete von vorhin. Gert sitzt da wie festgewachsen. Er spürt, wie die alte Überspanntheit zurückkehrt, doch irgendwie hält der Anblick der Pflegerin ihn gefangen. Schwester Bubi ist auf eine selbstbewusste Art schön, viel zu schön für eine junge Krankenschwester. Sie scheint nicht hierher zu gehören, das erhöht ihre Schönheit noch. Jetzt beugt sie sich zu dem Alten nieder, als wollte sie ihn an ihre Brust drücken. Ein paar ihrer langen Haare verfangen sich in seinem Schnurrbart. Alles geht plötzlich so schnell, sie hat dem alten Herrn blitzartig die Hände unter die Achseln geschoben und ihn in die Höhe gehoben, den Gehbock muss sie schon vorher nah beim Sessel platziert haben. Daran hält Bert sich fest. Er lacht wie ein Kind, das vor seinem Lieblingsessen sitzt, während Bubi ihre Haare aus seinen befreit und die Polster klopft und glatt streicht, hinten an der Sporthose des Alten zieht, sein Hemd samt Unterhemd vollständig hervorholt und dann ordentlich wieder reinsteckt. Fertig. Bert setzt sich wieder.

Schwester Bubi fährt den Nachttisch vom Bett zum Sessel, hängt Bert noch die Serviette um und stellt ein Tablett mit Kaffee und Kuchen vor ihn hin – alles mit schnellen geschmeidigen Bewegungen. Eine merkwürdige Erotik scheint in allem, was sie tut, zu liegen. Wenigstens Zärtlichkeit. Es wirkt so einzigartig, so nach: Du bist gemeint, alter Mann. In Wirklichkeit bedeutet es nichts. Professionelle Freundlichkeit, antrainierte Zuvorkommenheit, sogar in den Gesten. Im Unterschied zu dem seines Vaters hat Schwester Bubis Gesicht nichts Verklärtes, eher etwas Verheultes. Jetzt kniet sie vor ihm und zieht ihm, während er isst, die Schuhe an, ihr Gesicht immer ein paar Zentimeter zu dicht an seinem Körper. Anschließend setzt sie sich auf den Fußboden und spricht zum ersten Mal.

Man hat ihr gekündigt, sie hat es heute erfahren. Die Seniorenresidenz muss sparen, die jungen, ledigen Pflegerinnen und Pfleger, besonders wenn sie noch nicht lange da sind, trifft es als Erste. Frau Bubi bemüht sich um einen sachlichen Ton, es klingt fast ein bisschen auswendig gelernt. Bert wird bleich, während sie von ihrem Pech berichtet, sein Bart zuckt vor Rührung oder vielleicht krankheitsbedingt. Schwester Bubi hat sich schon ausgeheult. Doch als der Alte jammert, dass er ohne sie schon gleich gar nicht mehr leben will, bekommt auch sie wieder glänzende Augen. Sie erhebt sich vom Boden und schließt den alten Mann in die Arme. Bert versinkt bis zu den

Schultern in der Pracht ihres blonden Haars. Lange sitzen die beiden reglos da, sie auf der Sessellehne, er mit auf ihrem Rücken zitternden Händen.

«Als Altenpflegerin finden Sie bestimmt schnell eine neue Anstellung», sagt Gert. Die Bubi tut ihm plötzlich leid. Sie ignoriert ihn vollständig. Als hätte sie ihn nicht gehört. Vielleicht war es die falsche Bemerkung. Es scheint ja schließlich um etwas anderes zu gehen. Was mag die beiden verbinden? Liebe, denkt Gert immer wieder und schließt es immer wieder aus. Es ist absurd. Für sie kann Bert doch nicht mehr sein als einer von hundert alten Zauseln. Dass er Gefühle für sie hegt, würde Gert hingegen nicht ausschließen.

«Bist du sicher, dass ich nicht störe?»

Auch Bert überhört ihn. Gert bekommt das gleiche Gefühl, das er früher hatte, wenn der Alte Zeitung las und jede Frage oder Bemerkung schlicht Luft für ihn war. Er schrumpelt zusammen wie ein Stück Plastik, das zu nah an die Flamme geraten ist. Übrig bleibt ein stinkender harter Klumpen. Wenn er in dieser Minute das Zimmer verließe, würde er aus Berts Leben sickern wie ehedem, als er schon mal wortlos ging und sich schwor, dass dies ein Abschied auf immer sein würde. Von dem Alten, von dem zeit seines Lebens verwaisten Bauernhof, auf dem er groß werden musste. Bilder von früher stehen ihm vor Augen, düstere, stille, von Einsamkeit verseuchte, wie Fotos von jeglicher Lebendigkeit gelöste Erinnerungen.

Keine Aktion, keine Bewegung, kein Gefühl darin. Er starrt in ein tiefes schwarzes Loch. Das Ende. Du bist nur ein Stück Scheiße. Lösch dich aus. Vertilge deine Spur auf Erden. Draußen wartet das Motorrad auf dich. Geh, solange du noch die Kraft hast. Du bist nichts.

Doch er geht nicht. Er sitzt da, die Füße hinter den Stuhlbeinen verhakt, und folgt dem Schauspiel, das Bubi und sein Vater bieten. Es scheint ihm nun weit weg, wie auf eine Bühne gerückt. Er versteht, was da vor sich geht, aber es berührt ihn nicht. Sein Vater fließt vor Selbstmitleid über. Nie im Leben scheint er etwas Schlimmeres erfahren zu haben als gerade eben. Seinen Sohn hat er vergessen, wie man eine Fliege vergisst, sobald sie einem nicht mehr über die Haut krabbelt und solange sie nicht zu brummen beginnt. Es stimmt ja, sie waren sich nie besonders nah. Jetzt haben sie sich seit zehn Jahren gar nicht gesehen, und Berts Leben ist natürlich weitergegangen, genauso wie das von Gert. Trotzdem trifft es ihn tief. Die einzige Frage, die von seinem Vater kam, galt dem Auto! Er muss den Unfallwagen gemeint haben. Aber wenn er von dem Unfall weiß, hätte er verdammt noch mal nicht nach dem Auto, sondern nach Gert fragen können. ‹Ist dir etwas passiert, wie hast du das verarbeitet, kannst du noch Auto fahren, oder hast du zu viel Angst? Wer war denn das Mädchen auf dem Beifahrersitz?› Selbst diese Frage hätte Gert zugelassen.

Er wünscht sich sehnlich, an Stelle der Schwester dort auf der Sessellehne zu sitzen und seinem Vater den Arm um den Hals zu legen. Er flüstert ihm ins Ohr: ‹Ich habe meinen Job verloren, ich habe mich verschuldet und komme da nicht mehr raus, mein Haus steht zur zwangsweisen Versteigerung. Das alles hätte ich vielleicht noch verkraftet, aber der Unfall hat mich wirklich fertig gemacht. Äußerlich bin ich unversehrt geblieben, abgesehen von dem geschädigten Nerv, der meinen Arm verrückt spielen lässt. Aber Felis Tod lässt mich nicht los. Jedes Mal, wenn ich daran denke, leert sich ein Becher voll heißer Flüssigkeit in meinen Bauch, und ich möchte im Boden versinken. Es kann nicht ungeschehen gemacht werden. Das könntest du mir sagen: Es ist nun mal geschehen. Leider. Trotzdem bleibst du ein Mensch.› – Aber nein. Bert hat nicht mal einen Blick für seinen Sohn.

Gerts Verzweiflung wächst, während die beiden vor ihm sich allmählich voneinander lösen und mit verschleiertem Blick ihr Gespräch fortsetzen. Er sitzt in einem Schrank, er hat eine Tarnkappe auf, er ist nicht da. Er kann nicht weg. Klar, er könnte sich ein Taxi rufen lassen. Aber darum geht es gar nicht. Wie schon oft in seinem Leben hat er den Moment zum Handeln verpasst. Und er weiß: Wenn er etwas tut, obwohl es schon zu spät ist, wird alles nur noch schlimmer.

Bert redet auf Bubi ein. Er spricht von Unabänderlichkeit, sogar von Vorsehung. Für dieses Wort hätte er einen früher geohrfeigt! Bubi nickt und drückt immer wieder seinen Oberarm. Wie schwach er ist. Geschlagen. Was für eine ungeheuerliche Verwandlung! Jetzt streicht sie ihm über den Kopf. Sie sagt, dass sie immer an ihn denken wird. Sein Leben lang.

Auf den schwachen Tröstungsversuch erwidert er mit Gejammer. Bert verliert mit Bubi jeden Halt! Das letzte Licht seiner alten Tage wird ihm genommen, in der kommenden Dunkelheit vermag er nicht weiterzuleben. Wie arm er dran ist! Schwester Bubi soll ihm was beschaffen. Es gibt doch Mittel, die sich nicht nachweisen lassen. Schmerzfrei oder nicht, das ist ihm egal. Hauptsache, es wirkt absolut sicher. Niemand wird je erfahren, woher das Mittel kam. Schwacher Einspruch Gerts, nur in Gedanken: ‹Aber ich bin doch dabei, ich höre euch zu!› Dann denkt er gleich wieder: ‹Selbst wenn es so weit käme, und ich würde etwas sagen, wer sollte mir glauben? Bei meiner Akte …› Es ist tatsächlich einerlei, was er hier hört und was nicht.

Die Schwester streicht über Berts Ellenbeuge, als hätte sie schon die Spritze in der Hand. Sie hält sie gegen das Licht, drückt mit dem Daumen auf den Kolben. Ein feiner Tropfenregen sprüht herab. – Nein, die Bubi wehrt ab. Das zu tun, sei die Sache Gottes. Wie meint sie das? Soll Gott dem Alten eine Spritze geben? Der wird jetzt eine zynische Bemerkung machen. Religion war zeit seines Lebens ein Reizthema. Bevor er Lehrer wurde, hat er eine Ausbildung als

Steinmetz gemacht. Am Ende hat er nur Grabsteine gemeißelt (‹Da wird dir alles klar!›).

«Was, wenn Gott einer von uns wäre?»

Hat er das wirklich gesagt? Schwester Bubi scheint ihn gehört zu haben, sie öffnet den Mund für eine Erwiderung.

«Du meinst, einer von uns beiden?»

Sofort lachen die beiden lauthals los, ohne jede Wirkungsverzögerung. Wie bei einem Witz, den man schon hundertmal gerissen hat, aber immer noch lustig findet. Bert legt die Hand auf ihren Unterarm. Die Schwester zwickt ihn in die Wange. Genug gelacht. Sie steht auf und beginnt, das Zimmer aufzuräumen. Dabei spricht sie über ihre Perspektiven. Keine fünfhundert Meter weiter wird gerade eine Spezialklinik für psychisch Behinderte gebaut. Dort könnte sie eventuell wieder Arbeit finden. Sie werden sich in jedem Fall wiedersehen.

Berts Miene bleibt steinhart und düster. Kein Lächeln, keine Rührung, nur das leise Zittern, das ihn offenbar nie ganz verlässt, nur manchmal stärker wird und manchmal schwächer. Er starrt unverwandt geradeaus, knapp an Gert vorbei, aber vorbei. Selbst als die Schwester einen Strauß verwelkter Supermarkttulpen mit weit aufgerissenen Blüten aus einer wasserlosen Vase zieht und dabei bemerkt, dass er *ihre* Blumen nicht gepflegt, also nicht geliebt habe und sie deshalb vertrocknet seien, reagiert er nicht. Mindestens die Hälfte der blassen Blütenblätter segelt zu

Boden. Auch die Staubblätter liegen herum wie aus der Schachtel gekippte abgebrannte Streichhölzer. Bubi wird sie aufheben, sobald sie den Strauß in den Mülleimer gesteckt hat.

Nicht der Hauch einer Antwort. Bert sitzt da wie tot. Das leise Zittern verstärkt diesen Eindruck noch. Sein Blick ist so leer, dass Gert kalt davon wird. Er muss sich abwenden. Lieber beobachten, wie die langen blonden Locken der Schwester fast den Boden berühren, während sie geduldig Blatt für Blatt einsammelt und auch die Staubblätter nicht vergisst. Häufig muss sie zweimal zugreifen, bevor sie eines von ihnen richtig zwischen den Fingern hat.

Plötzlich ertönt ein komisches, kehliges *Huoo* von dem Alten. Es klingt nicht wie ein menschlicher Laut. Gert schaut rüber; mit einem deutlichen Ruck setzen Berts Bewegungen wieder ein. Sein Kopf dreht sich in Richtung der immer noch auf dem Boden hockenden Schwester. Bert beobachtet die Arbeit ihrer Hände. Es scheint so eine Art Anfall gewesen zu sein, diese Starre. Jetzt bewegt er sich also wieder, die Augen haben wieder einen Blick, doch freundlich ist er nicht. Die Bubi hat sich erhoben und ihre Hand über dem Papierkorb geöffnet, die Tulpenreste fallen gerade hinab.

«Bis morgen dann.»

Bert antwortet mit einem kaum merklichen, fast beleidigten Kopfnicken. Er schaut sie nicht an. Mit der rechten Hand versucht er vergeblich, ein unglaublich heftiges Zucken seiner linken Hand, seiner beiden Hände, ja des gesamten Oberkörpers zu beschwichtigen. Auch als die Tür mit diesem sanften, doch eindeutigen *Klack* ins Schloss fällt, sagt er nichts. – Hallo, ich bin noch da.

Es fühlt sich an, als würde die Anspannung des Alten auf Gert übergreifen. Innerlich zittert er schon genauso wie der Mann in dem Sessel. Zeit zu gehen. Steh auf, lauf! – Jede Faser seiner Muskeln scheint nur das zu wollen, sein Gesäß schwebt schon über dem Stuhl, da trifft sein Blick zufällig den seines Vaters, und er sinkt wieder zurück. Ohne Brille sieht Bert sowieso fremd aus (diese Tropfenbrille trägt er seit den Achtzigern und wird wohl bis zu seinem Lebensende keine andere mehr tragen). In seinen Augen offenbaren sich Verwirrung, Verzweiflung, Verdunkelung. Es wird eiskalt. Gert schluckt. Der Speichel scheint oben, gleich unter dem Kehlkopf, hängen zu bleiben. Gert spürt einen unschmelzbaren Kern in sich, der jegliche Bewegung verhindert; er fühlt sich geradezu versteinert – wie bei dem ersten Eindruck, den eine sehr schlimme Nachricht macht. Er kann sich nicht erinnern, den alten Herrn je in einer ähnlichen Verfassung gesehen zu haben. So niedergeschlagen, ja zerstört. Ein hutzeliges altes Männchen, das nur noch sein Gnadenbrot verzehrt. Wessen Gnade? Seine nicht.

Also war es doch ein Fehler herzukommen. Was für eine blöde Idee, zwei Lebenswege, die seit Jahrzehnten immer weiter auseinander laufen, könnten sich an ihrem Ende mit einem kleinen Schlenker mal eben überkreuzen. Warum muss Gert mit ansehen, wie sein Vater jede Würde verliert? Hätte die schreckliche Neuigkeit nicht ebenso gut morgen eintreffen können? Da hätte er mit alldem nichts mehr zu tun. Doch es wirkt, als hätten Bubi und Bert sich verabredet, auf sein Kommen zu warten. So sind die Dinge sein Leben lang gegangen, so muss es wohl auch heute gehen. Andererseits hätte es nicht viel geändert, wenn die Nachricht ausgeblieben wäre. Bert war vorher schon in einem jämmerlichen Zustand. Gert bedauert seinen Alten, das fühlt sich beschissen an. Ein Vater, den man bemitleidet, ist ja kein Vater mehr, eher etwas, das unterhalb der eigenen Wertschätzung rangiert, wie gering die auch sein mag. Ein Männchen, ein Regenwurm in der Sonne. Mit seinem Vater schrumpelt auch er zusammen.

Der Abschied der Schwester schmerzt auch Gert. Bei dem Alten hat Bubi sicher ein Loch hinterlassen. Eine Mulde mit dem schlammigen Boden eines abgelassenen Weihers. Hie und da stehen von Schlick bedeckte, kaum zu bestimmende Gegenstände hervor, die keiner mehr haben wollte. Wasser soll her, möglichst schnell, möglichst sofort, und ein unansehnliches Gelände zurückverwandeln in eine schmeichelnde Oberfläche, auf der leichtfüßige Läufer Kreiswellen hinterlassen. Ein Abglanz von Bubis Schönheit scheint auf allem gelegen zu haben, jetzt fehlt er. Nicht nur dieses Zimmer mit dem alten Mann, auch Gert hat von innen wie von außen etwas Fahles bekommen. Jedenfalls fühlt er sich so. Und da ist dieser Platz neben ihm auf dem Beifahrersitz, der immer leer bleiben wird, leer, seit sein kleiner Schatz mir nichts dir nichts durch die Frontscheibe flog. Ein glasklarer, zwingend einleuchtender Ablauf. Lautlos beziehungsweise ohne Eigengeräusch in einer Reihe überraschend leiser, trotzdem entschiedener Geräusche, Glas, Blech und noch was, Bersten, Brechen, Splittern. Und weg war seine Liebe, ohne Spuren zu hinterlassen, ohne etwas zurückzulassen, irgendwo draußen, im Gebüsch oder unten im Bach, nichts zu hören, nichts zu sehen von ihr. Nichts ist geblieben, dachte er, nicht mal ein Fetzen Stoff, nicht mal etwas Blut am verknickten Seitenholm. Er suchte mit verdrehten Augen den Saffianhimmel unter sich ab, auch da war nichts als ein bisschen Glas. Viel später erst wandte er unter größten Schmerzen den Kopf, und sein Blick fiel auf ihr Goldhaar; sie war bei ihm. Feli hatte das gleiche schöne Haar wie Schwester Bubi. Nach dem Unfall sah er sie nicht wieder. Als er aus dem Krankenhaus entlassen wurde, war sie längst unter der Erde.

Jetzt spürt er wieder den Gurt in seine linke Schulter schneiden, die nur noch flüchtige Berührung seiner Schenkel mit dem Autositz, den ungewohnten Zug der Schwerkraft an Armen und Schultern. Nachdem er seine Lage begriffen hatte und bevor er verstand, dass Feli noch im Wagen war, wollte er unbedingt das Radio einschalten, er machte ein paar Anstrengungen, erreichte es aber nicht. Ja, Radio hätte er hören mögen, das sanfte Geplapper einer sonoren Stimme.

Einem Impuls gehorchend, nähert sich Gert seinem Vater. Beide Hände an die Sitzfläche geklammert, hoppelt er mitsamt dem Stuhl in zwei Sprüngen nach vorn, die Stuhlbeine verlassen gerade so den Boden. Er fasst die Hand des Alten, sie ist kalt, und drückt sie. Kein Gegendruck. Ihn nach Schwester Bubi zu fragen, traut er sich nicht. (Was sollte er auch sagen: ‹Liebst du sie?› ‹Habt ihr was?› ‹Ich spüre wie du die Lücke, die Bubi hinterlässt.› – Lächerlich.) Schließlich geht ihn die Sache zwischen Bert und ihr nichts an. Obendrein scheint es weder nötig noch möglich, mit dem Wrack vor ihm ein Wort zu wechseln. ‹Wrack› ist gar nicht abwertend gemeint. Es drängt sich nur gerade auf, eine vorfriedhöfliche Funktionsuntüchtigkeit spricht aus Berts kalter Hand. So schrecklich es sein mag. – Sie war immer kräftig. Jetzt liegt sie schlaff in einer Falte der Trainingsjacke auf Berts Bauch. Sein ganzer Körper muss sich ja genauso anfühlen wie diese Hand; Gert würde gern mal hier oder da reinstupfen.

Es ist aber keineswegs Sentimentalität, die ihn bewegt oder vielmehr festhält. Wie zum Beweis zwickt er den Alten in den Oberarm. Keine spürbare Reaktion – das schlimmste Anzeichen seines Verfalls. Die ganze Zeit über, das wird Gert jetzt klar, hat er nur nach Zeichen der Veränderung an seinem Vater gespäht. Er hat ihn sich krank vorgestellt, mit eingefallenen Wangen und tief liegenden Augen, er hat ihn sich richtig alt vorgestellt (doch Bert ist lediglich etwas grauer und schlaff geworden). Nur als er die Stimme des Alten zum ersten Mal wieder hörte, schienen sich Gerts Erwartungen auf einen Schlag zu bestätigen. Inzwischen klingt sie wieder normal. Berts sonstige Erscheinung ist Gert eher vertraut als fremd. Jedenfalls war sie es, bevor er diesen Anfall hatte. Bevor Gert ihn angefasst hat. Er hält ja immer noch die puddinggleiche Hand. Wie geht es nun weiter? Soll er ihn fragen, wie er sich fühlt, hätte er das nicht gleich zu Anfang tun müssen? Soll er sagen: ‹Du siehst schlecht aus, Bert› oder, um höflich zu sein: ‹Du siehst gut aus›? Was dann? Sofort hat er wieder den Impuls zu gehen. Er gibt sich einen Ruck.

«Brauchst du was?»

Das klang wie aufgesagt.

«Kann ich was für dich tun?»

Bert schaut ihn an. Weit hinten in seinem alten Auge glimmt ein Funke, das verheißt nichts Gutes. Schnell zieht Gert seine Hand zurück, als hätte er Angst, gepackt und zu Boden gezogen zu werden. Zunächst aber tut der Alte so, als müsste er noch überlegen.

«Es geht mir schlecht, mein Junge.»

Er sagt das nüchtern, kaum jammernd. Plötzlich

hat alles noch mal eine andere Qualität; es ist kaum auszuhalten. Gert nickt.

«Ja, das sehe ich. – Du kannst noch laufen, wie?»

«Ich benötige zu allem Hilfe. Nicht mal da», er weist mit dem Kopf in Richtung Badezimmer, «komme ich noch allein klar.»

Eine ganze Weile fährt Bert fort aufzuzählen, was er nicht mehr kann oder nicht mehr so gut kann. Auch die Symptome seiner Krankheit lernt Gert ausführlich kennen. Sie können allerdings bei jedem anders sein.

«Wenn das Wetter nicht so schlecht wäre», schlägt Bert nun vor, «könnten wir ein bisschen vor die Tür gehen.»

«Das Wetter ist blendend. Hast du nicht die Sonne gesehen, als ich zur Tür reinkam?»

Bert schweigt. Das erzürnt Gert.

«Mach halt den Rollladen hoch, wenn du mir nicht glaubst. Du scheinst ja tagaus, tagein im Dunkeln zu sitzen.» Wie ein Verrückter, denkt er. «Ich kann mir gar nicht vorstellen, dass so was hier erlaubt ist», schiebt er noch hinterher und hat das Gefühl, damit gegen Schwester Bubi zu sticheln. Diese kleine Aufregung erschöpft ihn wie ein kilometerlanger Lauf. Wozu, niemanden außer Bert geht es was an, wie viel Dunkelheit im Zimmer herrscht. Überdies war der Tag bisher wechselhaft, mehrmals schien ein Schauer schon sicher.

Bert hält plötzlich eine winzige Fernbedienung in der Hand. «Mir hat man gesagt, es sei bedeckt.» Wild und ungeschickt drückt er auf dem Teil in seiner Hand herum. Plötzlich piepst die Uhr drüben auf dem Tisch. «12,5 Grad außen. Das deutet nicht auf einen Sonnentag.»

Besserwisser. Obwohl er spürt, dass er eine widerliche Geste der Unterlegenheit ausführt, lugt Gert nach der Uhr. Sie steht auf einem Stapel Heftchen, obenauf das Goldene Blatt. Auf der Uhr kann er nichts erkennen, sie steht schräg zu ihm, und er blickt in einen schwarz gähnenden quadratischen Kasten mit silbernem Rahmen. Ob der Alte da wirklich die Außentemperatur ablesen kann? Wo wird sie dann gemessen? Hat er mit einberechnet, dass Gert die Anzeige nicht erkennen kann?

«Wir sind halt nicht in Italien», erwidert er endlich. «Es regnet nicht. Also ist das Wetter gut genug zum Ausgehen.»

Warum nur bleibt er so defensiv? Warum sagt er nicht, was er eigentlich empfindet: ‹Sieh halt zu, wie du allein vor die Tür kommst.› Er empfindet aber nicht nur das. Er empfindet gleichzeitig so was wie Fürsorglichkeit und immer noch Bedauern. Ein erschrockenes Bedauern.

«Gert, ich –. Jetzt trink endlich mal was.»

In der Tat. Er hat immer noch das Glas in der Hand. Gert begreift, dass sein Vater etwas sagen möchte. Er schenkt sich ein. Er trinkt. Das Wasser schmeckt salzig und sprudelt so stark, dass es schon wehtut im Mund. Mitten in der Brust klemmt sich beim ersten Schluck eine große Gasblase ein und will weder rauf noch runter.

«Du musst mir beim Aufstehen helfen.»

Mann, Mann, darum ging es? Ist es wirklich so schwer, darum zu bitten? Natürlich hilft er seinem Vater beim Aufstehen, er hätte ihm auch so geholfen, unaufgefordert.

«Und mich zur Toilette begleiten.»

«Na klar», zischelt Gert. Seine Gedanken sind jetzt wesentlicher stiller.

Nein, geistig – oder sollte man lieber sagen: im Kopf – hat er sich nicht verändert. Die Minuten auf dem Klo hat der Alte genutzt, um einen Vortrag zu halten, ohne ein Zeichen der Rücksichtnahme auf seinen Sohn, der beklommen, das Gesäß auf dem Waschbeckenrand, im Geruch seines Vaters ausharrte. Wie er dasaß! Die höhenverstellbare Schüssel so weit oben, dass seine Füße baumelten, eine Hand an dem bordeauxroten Halte- und Hilfsgriff. In dieser Stellung dozierte er über die Merkmale des Älterwerdens unter besonderer Berücksichtigung seiner eigenen Wenigkeit, des Herrn Kesperg: Haare fallen aus, werden weiß – bei ihm: Glatze, aber noch Pigment. Dehydrierung und nachlassende Elastizität lassen die Haut faltig werden. Bei ihm gegeben. Die Zähne fallen aus – bei ihm bis auf einen ausgeschlagenen alle noch da. Die Nase scheint zu wachsen und nähert sich dem Kinn, da hat er Glück gehabt, weil eher kleine Nase. Alterswucherung der Haut führt zu Verdickung der oberen Augenlider, es entstehen Tränensäcke. In seinem Fall seit dreißig Jahren nahezu unveränderte Situation. Oder etwa nicht? Stummes Nicken von Gerts Seite, der sich bemühte, weiterhin flach zu atmen und möglichst wenig zu riechen. Nicht, dass es besonders gestunken hätte. Aber es kam von *ihm*.

Weiter im Text. Die Oberlippe wird schmal, kann durch den Schnurrbart keiner sehen. Der Oberkörper verkürzt sich aufgrund von Bandscheibenverschleiß – er ist dreieinhalb Zentimeter kleiner als bei seiner Musterung. (Da schlenkerte er ausgiebig mit den Beinen und grinste.) Muskelschwund – hält sich in Grenzen (das behauptete er wirklich), Osteoporose – wer weiß, er ist noch nicht hingefallen.

Dann kam er auf die Innereien (sein Ausdruck): Herz – bei ihm gut, Reaktionsverlangsamung – im Regelfall gering, sonst ein trauriges Kapitel. Leber und Nieren, naja. Sehkraft wie immer, Gehör wie bei einem Jungen. Und was das andere betrifft – darüber spricht er nicht. Er sagte tatsächlich «das andere». Dabei ist er kaum älter als die Leute, die behaupten, in ihrer Jugend eine sexuelle Revolution mitgemacht, wenn nicht herbeigeführt zu haben.

«Jetzt urteile selbst: Bin ich alt?»

Da wusste Gert nicht, was er sagen sollte. Eben noch ein Jammerlappen, wollte sein Vater plötzlich, noch dazu in dieser lächerlichen Situation, den vitalen Pensionär spielen? Statistisch gesehen, war er nah an der Grenze zum Tod. Doch Gert hatte, wie so oft, nicht weit genug gedacht. Denn der Alte hatte mit gutem Gespür für Dramaturgie seinen hohen Angebersockel nur errichtet, um sich anschließend umso sicherer und wirkungsvoller in die Tiefe zu stürzen. Er griff das Krankheitsthema unter nochmaliger Versicherung seiner geistigen Gesundheit erneut auf. Es wurde nun überdeutlich, dass dieser Mann, der ja eigentlich noch ganz gut beieinander und auch noch nicht *so* alt war, von seiner Erkrankung umso mehr getroffen wurde. Wie mitten aus dem Leben gerissen. Nur zu begreiflich, dass er gerade noch die nötigsten Wege macht. Es wirkt tatsächlich mühevoll, wie er seine Gehhilfe mit beiden Armen hochreißt, sie ungeschickt und taumelig vorn wieder absetzt und dann mit rundem Rücken, das eigene Gewicht mit den Armen haltend, einen Schritt weiterplatscht; es kann einen sicher bedrücken, sich zur Toilette bringen lassen zu müssen, weil man seine Hose in einer angemessenen Zeit nicht mehr selbst runterlassen und sie überhaupt nicht mehr hochziehen kann. Aber rechtfertigt das schon seine offenbar nicht gespielte Verzweiflung? Irgendwas anderes scheint sich dahinter zu verbergen. Vielleicht hat ihm die Trennung von der augenscheinlich wenig geliebten langjährigen Ehefrau doch mehr ausgemacht oder … Müßig, darüber zu spekulieren.

Endlich vor der Tür, arbeiten sie sich gemeinsam den ansteigenden Gang entlang. Vorhin erschien Gert das Gefälle läppisch, jetzt begreift er, welche Zumutung es darstellt. Vielleicht deshalb der Gehbock. So ein Wagen mit drei Rädern, wie Gert sie auch schon sah, würde im aufsteigenden Gang vermehrten Kraftaufwand erfordern, während es den Alten bei Gefälle mit sich fortrisse. Bremse hin oder her. Bert wandert tapfer weiter; er gibt nicht so schnell auf. Die Sonne ist tatsächlich hinter einem nebelartigen Dunst verschwunden. Der Gang scheint ewig menschenleer zu sein, als wäre er ausschließlich für Bert da. Weit vorn klappert leise Geschirr. Das bleibt der einzige Hinweis auf Leben in dem Schuppen, bis sie die Lobby erreichen.

Am Eingang zur Empfangshalle begegnet ihm der dunkle Pfleger wieder. Er führt einen Wagen mit Tabletts vom Kaffeetrinken lässig mit der Rechten, während die Linke in seiner Hosentasche steckt. Gerts Autogramm auf seinem Namenschild ist spurlos verschwunden und damit hoffentlich der Vorfall insgesamt. Als sie sich auf zwei Schritte einander genähert haben, bekommt der Pfleger ganz unvermittelt einen Hustenanfall, der schon halb vorüber ist, ehe er die Hand aus der Tasche ziehen und sich ein Tuch vor den Mund halten kann. Bert steht näher dran, er weicht dem Husten des Pflegers aus, indem er sich schnell und weit zur Seite beugt – da ist der alte Sportlehrer wiederzuerkennen, der auch in seiner

Freizeit viel turnte. Es wirkt im Moment gar nicht, als wäre er krank. Insgesamt hat er sich unterwegs ein bisschen gestreckt, schneller ist er auch geworden. Er scheint gewissermaßen warm gelaufen. Beinahe der Alte.

«Alle Achtung», sagt Gert zu seinem Vater und beugt sich seinerseits ein wenig zur Seite. So deutet er an, worauf er sich bezieht. Bert winkt ab, wirkt aber stolz. Wie um auf seinem Kranksein zu beharren, schlurft er bei den nächsten Schritten, stoppt beim Aufsetzen der Füße ab und schwankt.

«Weißt du», wispert er, während der Pfleger samt seinem Geschirrwagen in der Lautlosigkeit verschwindet, «bei denen denke ich immer, sie haben andere Erreger, auf die unser Immunsystem nicht eingestellt ist. Da möchte ich mich nicht anstecken.»

Ach so. Liegt das nun an seinem Alter, oder liegt es an der Erkrankung? Tickt er doch nicht ganz richtig?

«So was kannst du doch nicht sagen», zischt Gert zurück. In demselben Moment weiß er schon, was der Alte antworten wird.

«Du hast doch gehört, dass ich es sagen kann. Außerdem –»

Er unterbricht sich. Entweder langweilt er sich selbst, oder er hat vergessen, was er sagen wollte.

Die Lobby liegt leer vor ihnen. Gert atmet auf. Es bleibt dabei, die Schleimerei der Empfangsfrau war unerträglich. Trotzdem bedrückt ihn der Gedanke an sein Verhalten ihr gegenüber. Wenn sie da wäre, stellt er sich vor, würde sie ihn zur Rede zu stellen oder, schlimmer, Bert auf den Vorfall ansprechen: ‹Also, Ihr Sohn, hören Sie mal, der hat vorhin wahrhaftig …› Es wird nicht geschehen. Sie ist nicht da. Ob sein Autogramm wohl auch vom Tresen verschwunden ist? Andernfalls wäre sie ein wirklicher Fan. Keine Unannehmlichkeiten zu erwarten. Schon findet Gert es schade, dass sie nicht mehr da sitzt. Er läuft ein paar Schritte voraus. Tatsächlich, da steht es noch. Mit dem alten Schwung großzügig hingekritzelt, den er sich erst angewöhnen musste, nun aber für die Ewigkeit beherrscht.

Während er ungewohnt langsam weitergeht, damit sein Vater aufschließen kann, mustert Gert erneut den Raum. Viele Einzelheiten fallen einem erst auf, wenn man sich Zeit nimmt, den Blick schweifen zu lassen. So wird er gewahr, dass der Naturstein an der hinteren Wand nur eine Augentäuschung ist. Am Übergang zwischen der Stahlzarge einer Tür und der Wand schaut gelblich verfärbte transparente Dichtmasse hervor. Die Blumen in den riesigen Töpfen sind künstlich … oder sehen jedenfalls so aus. Warum stört es ihn? Als hätte er je was auf Natürlichkeit gegeben. Vor ihm tauchen ein paar Beine auf. Die Unterschenkel ruhen auf dem Boden. Schlanke Waden in blickdichtem Nylon, an den Füßen unordentlich angezogene schwarze Socken. Ein Stück blauer, an den aufgerichteten Oberschenkeln bis zur Mitte hochgerutschter Rock – also ist sie doch da. Diese Erkenntnis hat nun nichts Unangenehmes mehr, im Gegenteil, er freut sich. Was tut sie da hinter dem Wasserspender? Offenbar wurde der gerade geliefert, er steckt noch in der Plastikfolie. Dumpf dringt ihre Stimme aus der Ecke:

«Verdammte Kindersicherung.»

Vielleicht kann er ihr helfen. Er tritt noch etwas näher an sie heran, er kann jetzt über ihren Rücken schauen und beobachtet, wie sie auf allen vieren hockt, notdürftig mit einer Hand abgestützt. Wie hieß sie noch gleich, Teranova? Sie versucht, den Stecker des Wasserspenders in die Dose zu stecken, und schafft es schließlich auch, vorn an dem Gerät verstreuen ein gelbes und ein grünes Lämpchen ihr schwaches Licht durch die Folie. Mit einem tiefen *Blubb* steigt träge eine große Blase vom Grund des Tanks an die Oberfläche. Inzwischen ist auch der Alte herangekommen, Gert spürt ihn in seinem Rücken.

«So.»

Um sich aufzurichten, muss die Frau nach einer Kante des Wasserspenders greifen und sich hochziehen. Sie hat wahrhaftig Strähnchen in den Haaren. Verwirrt steht Gert da und gafft sie an, wie sie den Rocksaum runterzupft, sich mit beiden Händen über den Hintern streicht. Offensichtlich bemerkt sie erst jetzt, dass sie nicht allein ist.

«Verzisch dich! Wir sind hier nicht im Zoo.»

Hoppla. Mit der Frisur haben sich offensichtlich auch ihre Manieren geändert. Gert entschuldigt sich.

Er wollte nur sehen, ob er helfen kann. Er will sich auch wegen seiner Unhöflichkeit von vorhin entschuldigen, da sieht er ihre Augen schmal werden.

«Ist das nicht der Grapscher?» Sie hat sich an Bert gewendet. «Ich konnte den noch nie ausstehen. Der hat so was in den Augen –.» Und eine krumme Nase, wie? Gleichzeitig denkt Gert jedoch, dass er es verdient hat. Endlich sagt's mal jemand.

«Es ist ein Glück, dass Sie vom Bildschirm verschwunden sind.»

Den letzten Satz hat sie direkt zu ihm gesagt. Es verletzt ihn doch, auch wenn es lange her ist. Wie immer fühlt er sich gelähmt. Er weiß nicht mal theoretisch, was in solchen Situationen zu tun ist. Noch viel weniger könnte er sich zum Handeln durchringen. Ein spöttisches Grinsen macht das Gesicht der Frau vor ihm eckig und hässlich. Er hat das noch nie gesehen, wie sich ein Gesicht beim Lachen in lauter rechte Winkel verzieht. Diese Verwandlung ist schier unbegreiflich. Eben war sie noch das komplette Gegenteil, die Dienstfertigkeit in Person. Hatte sein komischer Auftritt vorhin solch eine Wirkung?

Von hinten mischt sich Bert ein. Er erklärt der Frau, dass sein Sohn rehabilitiert sei. Sämtliche Vorwürfe hätten sich als unhaltbar erwiesen. «Er kommt demnächst mit einer neuen Sendung zurück.» Rundheraus gelogen. Alle, die er kennt, sagt Bert, freuen sich schon darauf.

«Du musst dir nicht so viel gefallen lassen», wendet er sich nun an seinen Sohn. «Die ist nur so frech, weil wir alt sind. Da denkt sie, sie kann mit uns machen, was ihr gerade passt.»

Ok, das reicht. Er ist doch nicht der Hampelmann, bei dem alle nach Belieben an der Schnur ziehen können, und schon streckt er Arme und Beine von sich. Energisch dreht er sich zu Bert um.

«Ich gehe nicht zurück. Weder bald noch irgendwann. Aus und vorbei.»

«Ganz sicher nicht!»

Die Frau gluckst. Der Alte verdreht die Augen und stöhnt. Gert weiß genau, was er denkt, auch wenn er nichts erwidert: ‹Blödmann, das ist doch egal. Zeig's ihr. Lass sie spüren, dass sie im Vergleich zu dir gar nichts ist.› So in der Richtung. ‹Auch wenn in Wirklichkeit du gar nichts bist.›

Erst jetzt spürt Gert, dass sein Vater ihm helfen wollte. Er wusste, was zu tun war. Gert hat es wieder vermasselt. Ein Schuljungengefühl, er wird es nicht los. Traurig senkt er den Kopf. Das Telefon an der Rezeption klingelt. Die Teranova stapft auf Strümpfen zu ihrem Arbeitsplatz. Auch Bert hat sich wieder in Bewegung gesetzt. *Tock*, landen vier Gummipfropfen synchron auf dem nach Naturstein aussehenden Boden, *Schlurfschlurf*, die Füße hinterher. Gert schließt zu seinem Vater auf. Er hält sich jetzt dicht bei ihm und passt seinen Gang diesen langsamen, wie einzeln berechneten Schritten an. Könnte ja sein, dass der Vater stolpert und Hilfe benötigt. Er wäre dann sofort bei ihm, um ihn aufzufangen. Als sie die Matten am Ausgang erreicht haben, wispert Gert:

«Komisch. Als ich reinkam, wirkte sie so zuvorkommend. Ist sie öfter so launisch?»

Der Infrarotsensor hat sie erfasst. Leise geht die erste Tür auf.

«Wenn sie nicht rumgezickt hat, war es ihre Zwillingsschwester. Wanda. Die hier heißt Fanny. Du musst auf die Vornamen achten.» Bert zeigt auf seine Brust. «Ich hätte noch ganz anders mit ihr umspringen sollen.»

Sssst. Die Tür geht hinter ihnen zu, sie befinden sich nun in der Schleuse. Auf einem Flügel der Eingangstür fehlt der schwarze Vogel. Für den Moment findet Gert die Vorstellung, er könnte fortgeflogen sein, durchaus einleuchtend.

4.

Es ist an der Zeit, die Tabletten zu nehmen, die Pillmate hat gepiept. Bert bleibt stehen, er will das auf der Stelle erledigen. Über die Hälfte der älteren Menschen nimmt ihre Tabletten überhaupt nicht oder nicht regelmäßig ein. Zu denen will er nicht gehören, selbst wenn seine Medikamente keine oder doch keine spürbare Wirkung haben. Wer zum Arzt geht, soll auch auf ihn hören. Bert befolgt alle Ratschläge. Er hat nicht mal widersprochen, als Bubi ihm sagte, er dürfe seine Tropfen nicht mehr selbst nehmen, das sei bei seinem Tremor zu gefährlich. (Es stimmte, ohne dass sie es wissen konnte. Er hat tatsächlich mal die Kontrolle über seine zitternde Hand verloren und viel zu viel auf den kleinen Löffel getropft. Noch mehr ging daneben. Er hätte es wegspülen und neu tropfen können. Aber er fürchtete, es würde auffallen, wenn das Fläschchen diesmal so viel schneller leer würde. Also nahm er ein, was auf dem Löffel war, und verbrachte schreckliche Stunden – seine Gliedmaßen zitterten wie verrückt, der Speichel lief ihm aus dem Mund, er brauchte eine Ewigkeit, um sein Taschentuch in die Finger zu bekommen. Er hatte Angst.)

Sein ‹Tremor› – wie gern hört er sie solche Wörter sagen. Sie ist dann ganz in ihrem Element, ernst und sachlich wie ein Kfz-Mechaniker bei der Inspektion. Wie kann man solch einen Menschen entlassen? Eine bessere Schwester als sie gibt es im ganzen Haus nicht, eine bessere als sie ist schlicht nicht denkbar. Sie hatte so eine Höflichkeit und Frische, sie verstand, was ihn bewegte, sie versuchte niemals, ihm etwas auszureden oder ihn lächerlich zu machen. Wieder piept die Pillmate, er hat sie nicht schnell genug aufbekommen. Ihre integrierte Uhr hat einen Mehrfachalarm, wie ein Wecker, der, wenn man nicht aufstehen will, nach zwei drei Minuten erneut Krach macht.

37 Schiebeschalter sind wie zwei Reihen kleiner Zähnchen auf der Seite des Etuis angebracht, damit lassen sich Termine im Halbstundenrhythmus einstellen. Ein schönes Spielzeug. Die kleinen Schalter haben scharfe Kanten, sie hinterlassen Abdrücke auf der Haut, wenn man fest genug presst. Beim Umstellen rasten sie leise knackend ein. Das signalisiert: Sie sind nun verlässlich in *On*- oder *Off*-Stellung. Etwas verwirrend dagegen und nicht so gut gelöst ist die Skala: Oben stehen die Stundenzahlen, aber bei der zweiten Reihe steht unter jedem Schalter eine 30. Obwohl Bert weiß, wie es gemeint ist, muss er es sich jedes Mal wieder erklären: Oberer Schalter *on*, unterer nicht *on* bedeutet etwa: 6.00 Uhr früh. Beide *on*: 6.30 Uhr. Innen befinden sich fünf separate Fächer, aus einem davon

nimmt er jetzt fünfeinhalb verschiedenfarbige Tabletten und eine halb weiße, halb blaue Kapsel. Er kann sie ohne Wasser schlucken. In vier Stunden sind schon die nächsten dran.

Zu Berts Erstaunen greift auch sein Sohn in die Hosentasche und zieht seinerseits eine Pillendose hervor. Sein Gefäß ist rund, ein simpler Plastikbehälter. Der Deckel lässt sich wie ein Rad drehen und hat eine tortenstückförmige Öffnung. Bert sieht nicht genau, wie viele Tabletten Gert nimmt – in jedem Fall mehr als fünf. Auch er schluckt sie ohne Wasser. Schon ist die Dose wieder weg. Offenbar kommt der Junge noch ohne diese die Erinnerung stützende Technik aus. Mehr als fünf Tabletten – ob er die alle wegen dem Unfall nimmt? Was für Pillen mögen es sein – Hormone? Betablocker? Psychopharmaka? Bert konnte keine davon erkennen.

Er schleppt sich über den Parkplatz, als watete er durch einen Sumpf und versuchte, dabei die Stiefel nicht zu verlieren. Zudem sind die Rasengittersteine eine tödliche Falle für ihn. Die Gummifüße des Gehbocks passen genau in die rautenförmigen Löcher des Gitters und scheinen von dem weichen Erdreich magisch angezogen zu werden. – Tödlich mag übertrieben sein. Aber es gilt, genau Acht zu geben, hinzuschauen, vier Gummifüße auf einmal nicht in den tückischen Löchern, sondern auf dem Betongerippe aufsetzen zu lassen. Hinfallen bedeutet die größte Gefahr, davor haben alle Angst: hinfallen, die

Knochen brechen und sich dann nicht mehr wehren können.

Wenn er lang genug hinschaut, erkennt er in den Rauten kleine Gesichter. Augen, Nase, Mund und Beine – alles da. Doch sie schauen einen niemals an.

Wie er so zu Boden sieht, bemerkt Bert eine neue Falle. Einer seiner Schnürsenkel hat sich gelöst. Bei der nächsten Bewegung lockert sich bereits der Schuh, die Ferse rutscht hoch, er hat Glück, dass er nicht auf den Rand tritt, sondern wieder reinrutscht. Bis jetzt hat Bubi ihm die Schuhe immer sorgfältig gebunden. An solch einem Tag ist eine Nachlässigkeit nur zu verständlich – sie erscheint geradezu zwangsläufig. Bubi hat in einer schwierigen Zeit ihren Arbeitsplatz verloren. Letztlich machte etwas anderes sie traurig, das spürte er. Unnötig, darüber zu sprechen. Bubi und er hatten ein ganz besonderes Verhältnis. – Denkt er wirklich schon in der Vergangenheitsform darüber nach? Bert erschrickt. Sie wird doch die nächsten sechs Wochen noch zu ihm kommen. Vielleicht hat sie noch Urlaub gut, und es sind nur drei.

Er schluckt. Weit oben im Hals hat er ein enges Gefühl, wie von einer Gasblase, die sich beim Wassertrinken da festgesetzt hat. Plötzlich kehrt sich alles um, er kann sich nicht vorstellen, wie er die Schwester jemals wiedersehen soll. Das muss ja die reine Qual werden, wenn sie zu ihm kommt und ihn pflegt, während er unablässig denkt: Sie geht, sie geht, sie wird mich verlassen. Da hat jemand blindlings das letzte Licht seines Lebens gelöscht. Ein Seufzer schüttelt ihn so stark, dass selbst der Gehbock zittert. Er reißt sich nicht zusammen. Wenn er weinen könnte, würde er weinen. Es ist komisch. Gemessen an der durchschnittlichen Lebenserwartung der Männer, hat er sein Leben fast gelebt. Trotzdem erhebt er Anspruch auf ein bisschen Glück. Ob er will oder nicht, etwas protestiert in ihm gegen seinen alles in allem doch erbärmlichen Zustand. Etwas in ihm fordert, wählen zu dürfen zwischen einem glücklichen Leben oder jedenfalls einem, in dem es eine Aussicht auf Glück gibt, und dem Tod. In grundlegenden Fragen hat er sich immer frei gefühlt, hat sich nicht reinreden lassen, warum soll es in diesem Punkt anders sein? Die Tücke besteht darin, dass es bei den meisten für eine Wahl zu spät ist, wenn sie eine treffen wollen. Das war es, was Vornegger beschäftigte. Der wollte vorbauen – vergeblich. Planen reicht nicht. Es will zur rechten Zeit vollbracht sein. Bert spürt, dass die Gelegenheit da ist. Sie kam überraschend in Gestalt seines Sohnes zu ihm. Der wird, der muss ihm helfen.

Schnell und lautlos huscht ein Streifen Licht über die Erde. So wenig, dass es noch nicht einmal heller wird. Eher eine Fehlstelle im Dunkel. Die Wolken am Himmel sind düster, aber hoch, es sieht nicht nach Regen aus. Der Wind bläst kräftig genug, um zwischen den Knöpfen unter die Jacke zu fahren. Auch Gert scheint zu frösteln. Er steht zwei Schritte weit weg und schaut abwechselnd ins Leere und zu seinem Vater hinüber. Wie ein zu oft geprügelter Hund setzt er sich in Bewegung, sobald Bert sich bewegt, und bleibt stehen, sobald Bert stehen bleibt. Das soll wahrscheinlich rücksichtsvoll sein, bei einem Behinderten würde man auch nicht einfach vorauslaufen. Es widert Bert an. Warum hat Gert nie wirklichen Biss und Entschlossenheit entwickelt? Als er laufen lernte, schien er hartnäckig und zielstrebig, immer wieder stand er auf, fiel auf die Nase, erhob sich. Damals dachte Bert, das wird einer, der weiß, was er will. Aber der Junge wurde immer zimperlicher. Schon mit vier versuchte er, alles übers Heulen zu bekommen. Da kannst du gar nichts machen. Es ist eine Charaktersache. Marlen hat das gefördert, leider, aber sie ist auch nicht eigentlich schuld.

Endlich schaut Gert wieder her. Bert deutet mit einer energischen Bewegung der Augen zu Boden. Vergeblich, der Junge begreift es nicht, folgt nicht mal seinem Blick. Was glaubt er bloß? Dass sein Vater die Augenmuskeln trainiert? Er steht da und schaut umher und umher, steckt die Hände in die Taschen, zieht sie wieder raus, tritt auf der Stelle. Was will er denn? Soll er's halt sagen. Und falls er nichts will, soll er nicht so rumtrampeln und Bert damit aufregen. – Also gut.

«Gert.» Stimme schon wieder belegt. Er räuspert sich, es geht nicht weg.

«Mein Schuh ist offen.»

«Das sehe ich.»

Also bitte. Entweder ist er bescheuert, oder es gefällt ihm, Bert hinzuhalten.

«Ich kann ihn nicht –, du musst mir helfen.»

Es fällt Bert schwer, seinen Sohn um Hilfe zu bitten. Oft findet man es ja gerade bei denen, die einem am nächsten stehen, besonders schwierig.

«Selbstverständlich.»

So stumpf, so tonlos, als wäre der Junge mit seinen Gedanken weit weg und nicht in der Lage, mehr als ein Minimum an Aufmerksamkeit abzuzweigen. Diese Abwesenheit macht die Erniedrigung für Bert erst perfekt. Er kann schließlich nichts dafür. Wenn er es sich aussuchen könnte, würde er sich die Schuhe liebend gern allein binden. Gerts noch dazu. Es würde ihm gar nichts ausmachen, er hat es früher oft genug getan. Während der Junge vor ihm kniet und man ihm auch noch sagen muss, wie fest er die Bänder zurren soll, kommen Bert starke Zweifel an der Eignung des Jungen. Der wird mit den Zähnen klappern, wenn er hört, was sein Vater vorhat. Der wird sich in die Hose machen. Trotzdem wird er Gert fragen. Es bleibt ihm gar nichts anderes übrig. Selbst kleine Chancen muss man nutzen. – Jetzt reißt auch noch der Schnürsenkel, es knallt leise, und Gert in seiner Hocke gerät fast aus dem Gleichgewicht, er muss sich mit einer Hand abstützen. Der Helm, den er am Arm trägt wie einen Einkaufskorb, klackt auf die Steine. Dabei fällt Bert ein, dass auf dem gesamten Platz weit und breit kein Motorrad zu sehen war bis auf eine umgekippte Maschine in der zweiten Parkreihe. Sollte die etwa von Gert sein? Es würde glatt zu ihm passen. Als hätte er Berts Gedanken erraten, schaut der Junge mit einer Miene zwischen Vorwurf und Schuldbewusstsein auf. Er hält das abgerissene Ende in die Luft. Er weiß wahrhaftig nicht weiter.

«Mach einen Knoten. Mit einem Schuh, der rumflappt, kann ich nicht einen Schritt weit gehen.»

Bert sagt das leidenschaftslos. Sachlich. Doch innerlich fühlt er die Verzweiflung um sich greifen wie den Schatten einer Sonnenfinsternis.

Mühevoll steht Gert wieder auf. Sein Hosenbein zeigt über dem Knie einen feuchten Fleck mit ein paar Krümeln Erde drin; er keucht. Wenn er steht, überragt er seinen Vater um einen halben Kopf. Früher waren es bloß ein paar Zentimeter. Zum Teil liegt es daran, dass Bert sich ständig auf den Gehbock stützen muss, wenn er nicht liegt oder sitzt, und darüber den aufrechten Gang vergisst. Den wirklich aufrechten. Auch Gerts Rücken ist gebeugt. In dieser falsch wirkenden Nacht, die von innen heraus auf den gesamten Parkplatz fällt, könnte er ein Mann in Berts Alter sein. Es lässt sich schwer sagen. Wie früher im Kino, wenn eine Freilichtszene nachts spielen sollte, es jedoch wirkte, als wäre lediglich ein dunkler Filter vor das Objektiv gesetzt worden. Der Himmel bleibt trotz allem ein Taghimmel, und auch die Landschaft sah unerklärlicherweise nicht nach Nacht aus. Gesichter dagegen, einzelne Züge in ihnen, oder das Laub der Bäume – alle Details verbargen sich im Schatten. Exakt den gleichen Eindruck hat Bert zurzeit. Er kann dic Züge im Gesicht seines Sohnes kaum unterscheiden, seinen Ausdruck nicht deuten. Es wäre möglich, dass er lacht oder dass ihm im Gegenteil die Mundwinkel herabhängen, die Augen, schmal geworden, ihren gewöhnlichen trüben Blick aussenden. Das Weiße darin flackert ab und zu tückisch auf. Er sitzt, der Haltung nach zu urteilen, halb schlafend auf seinem Pferd. Vielleicht ist er auch in Gedanken versunken. Bert hat keine Ahnung, woher die Pferde plötzlich kommen. Er bildet sich sogar ein, verhaltenes Hufgetrappel zu hören. Gefangene, die Hände an den Sattelknauf gefesselt. Nicht in der Lage, ihre Pferde zu lenken. Doch sie geben ihnen die Sporen und treiben sie ahnungslos in den unvermutet auftauchenden Canyon. Die Tiere bäumen sich zu spät auf, sie können nicht mehr stoppen und stürzen samt ihren Reitern in die Tiefe. Fehlgeschlagener Fluchtversuch oder Falle? Untrennbar miteinander verbunden, schlagen sie so oder so unten auf die Felsen. Erst jetzt könnte die eine oder andere Fessel von der Wucht des Aufpralls zerrissen sein, oder ein Sattelgurt ist geplatzt. Es spielt keine Rolle mehr, Pferde und Männer sind sofort tot.

Dass Gert und er zusammen sterben könnten, ist eine überraschende und angenehme Vorstellung. Sofort scheint alles machbar. Es braucht nur noch den halben Mut. Sie könnten sich die Hand reichen und gemeinsam springen. – Davon bekommt er allerdings kein Bild. Zu gern würde er jetzt im Gesicht seines Sohnes lesen. Dabei hat er nie verstanden, was in dem vorging. Ein halbes Jahrhundert lang nicht. Als kleines Kind war er selbst für Marlen oft ein Rätsel. Schon damals wirkte der Junge häufig apathisch, mit einem Gesichtsausdruck kurz vor der Gequältheit. Eine Ursache war praktisch nie auszumachen. Als er zu sprechen begann, sagte er häufig: ‹Geht nicht gut›, wobei ‹Geht› ‹Gert› bedeuten sollte. Was mochte ihm fehlen? Der Arzt fand nichts. Irgendwann fing Marlen an, ihn zu bedauern. Das ließ die beiden noch näher zusammenrücken, änderte aber nichts, jedenfalls nichts Spürbares, am Verhalten des Jungen. Und schon gar nichts an seinem Gesicht. Bis heute schaut er drein, als hätte er sich gerade in die Kacke gesetzt und es auch gemerkt, wollte aber nicht aufstehen, weil es dann jeder sehen würde.

Unvermittelt sind die ersten Takte aus einem Stück von Griegs ‹Peer Gynt› zu hören, *Duu-duu-duuuu*, der dritte Akt ist das. Die Musik kommt von Gerts Handy. Eine schlechte Nachricht, das scheint unausweichlich. Wie kann man sich so was als Klingelton aussuchen? Ein schwacher gelblicher oder grünlicher Schein, also eines dieser Displays, wie sie vor drei vier Jahren üblich waren. C&A-Klamotten, altes Handy – immer mehr spricht dafür, dass bei Gert was faul ist.

Er meldet sich mit einem abweisenden Ja, verwunderlich, dass sein Gesprächspartner nicht sofort auflegt. Nein, er hat sich nicht verändert. Allmählich lichtet sich die künstliche Nacht, die Farben gewinnen Glanz zurück, Einzelheiten treten wieder stärker hervor.

«Was», sagt Gert, schon weniger müde, ins Telefon, «wirklich? – Nein, ich glaube nicht. Ich bin ja froh, dass sich keiner mehr für mich interessiert. Froh!» Er schreit das kleine Ding an und scharrt dabei mit dem Fuß in einem Kieshäufchen auf dem Boden. «Wo denn? – Im Dritten … Beide?» Die Steinchen spritzen zu den Seiten weg. «Nö. Was soll ich denn da?» Seine Faust stößt in die Jacke wie beim Taschensparring (Taschensparring, haha). «Bist du sicher, dass die mich nicht auseinander nimmt? – Na, wegen der alten Geschichte, du weißt schon. – Also nein, ich glaube nicht, dass ich das machen werde.» Wieder fliegen Steine. «Ja, ich überleg's mir. – Ja, ruf mich an. – Heute ist es schlecht. Ab morgen jederzeit.»

«Gar nix überlege ich mir», sagt er in die Luft und schmeißt das Handy in die Büsche wie eine leer getrunkene Pepsi-Dose. Sein Mund zuckt, das lässt ihn direkt abstoßend wirken. Ein paar Sekunden später hellt sich sein Gesicht auf.

«Hab ich's nicht gesagt?» Bert hebt unwillkürlich die Gehhilfe an und lässt sie energisch wieder auf den Boden treffen. «Du wirst zurückkommen. – Es geht doch um dein Comeback.» Den letzten Satz sagt er unsicher, halb als Frage betont. Sein Junge schaut ihn misstrauisch an.

«Ich konnte ja nicht anders als mithören», entschuldigt sich Bert. Gert schaut weiter unverwandt in sein Gesicht. Nie weiß man, was er wirklich denkt. Ob er etwas denkt. Wenn es nicht sein Sohn wäre, würde Bert sagen: eine dämliche Fresse. Je mehr die Züge des Jungen wieder in ihren Einzelheiten hervortreten, desto unleugbarer wird das. Dennoch spürt Bert, wie ein warmes Gefühl langsam in ihm wächst. Er will nicht leugnen, dass es ihn früher stolz gemacht hat (Stolz mag ein zu großes Wort sein), auf Gert angesprochen zu werden. Und das geschah hier im Heim häufig. Schon deshalb hat er kaum je eine von Gerts Sendungen verpasst. Zugegeben, das waren im Endeffekt scheußliche Hanswurstiaden, aber so ist es heute. Die Leute wollen das sehen.

«Du müsstest vielleicht versuchen, etwas ... aufgeweckter dreinzuschauen.» Auch wenn er sich Mühe gegeben hat, eine angemessene Vokabel zu finden, Gerts Miene verfinstert sich. «Oder sagen wir: optimistischer.» Zu spät. Bert sieht den Jungen zornig werden. Das ist ihm doch nur so rausgerutscht. Weil er die ganze Zeit darüber nachdachte.

«Du bist ein ... ein ...» Jedes Mal verhält der Junge seine Stimme, scheint nicht zu wissen, was er sagen will. Oder er will nicht sagen, was er weiß. Mit einer heftigen Geste winkt er ab und dreht sich um. Er geht zwei Schritte, schaut noch einmal zurück, wieder hat er Luft geholt, um etwas zu sagen, und behält es doch für sich. Er schnauft laut.

«Sag es nur!»

Das war als Aufmunterung gedacht. Jetzt klingt es wie eine Drohung.

Statt zu antworten, läuft Gert weg. Er rennt, er lässt seinen Vater einfach auf dem Parkplatz stehen. Sie haben sich doch schon ein ganz schönes Stück weit vom Haus entfernt, weiter, als Bert seit seiner Erkrankung je gegangen ist. Wieder steigt dieses deprimierende Ohnmachtsgefühl in ihm auf, krallt sich sein Blick in die schwarzen, hoch dahinziehenden Wolken am westlichen Himmel. Er weiß ja, wie empfindlich der Junge ist. Da hat er sich nicht gut genug im Griff gehabt. Mit seinem Sohn verschwindet auch Berts kleine Hoffnung, dem Schicksal ein Schnippchen zu schlagen. Diese Aussicht hat ihn paradoxerweise in der letzten halben Stunde beinah wieder aufgerichtet; er spürt es jetzt, da er in sich zusammensinkt und die Arme es müde werden, seinen alten Körper zu stützen.

Innen wie außen erstarrt, schaut er dem Jungen hinterher und denkt dabei, dass er sich dieses letzte Bild von seinem Sohn gut einprägen will. Der ist indes in einen gemächlichen Trott verfallen. Wie alle Nichtsportler hat er seine Kräfte falsch eingeschätzt und sich auf den ersten Metern bereits verausgabt. Ein paar Schritte noch, und er wird aus dem Trab in den Schritt fallen. Richtig. Er ist jetzt vielleicht dreißig

Meter weit weg und bleibt sogar ganz stehen, vornübergebeugt, hechelnd.

Er hat sich zur Seite gewandt und glotzt unverhohlen in den schwarzen Escort, der dort steht. Wahrhaftig, dieses Auto hat etwas Geheimnisvolles, die Heckscheibe und auch die Seitenscheiben im Fond sind schwarz getönt; es ist so ein Angeberauto. Berts Wagen steht gegenüber, beide Autos sind rückwärts eingeparkt und schauen sich sozusagen an. Gert geht plötzlich rückwärts, geradewegs auf Berts Auto zu. Er wird noch dagegen stoßen, er kann seinen Blick ja gar nicht mehr von dem Escort lösen. Bert hat sich vorhin schon gewundert, dass der Junge nicht stutzig wurde, als er am Auto seines Vaters vorbeilief. Es ist schließlich der gleiche Wagen, den Gert zu Schrott gefahren hat. Genau genommen das Nachfolgemodell, das sich aber in der Karosserie und Innenausstattung praktisch nicht verändert hat. Es gibt technische Neuerungen. Die Lackierung ist die gleiche, die Felgen mutmaßlich auch. Darüber wie über die Innenausstattung konnte er nur spekulieren. ‹Eine rotbraune Kruste auf dem kalten schwarzen Leder›, hieß es in einem Artikel – das konnte er von Anfang an nicht glauben. Schwarzes Leder passt nicht zu Gert. Darum hat Bert rotes Leder gewählt. (Blut auf rotem Leder funktioniert nicht, wahrscheinlich kam deshalb das Schwarz in den Bericht. Journalisten machen solche Sachen.)

Ehrlich gesagt, war ihm der Wagen nie geheuer. Das lag nicht am Preis, obwohl es ihm ein seltsames

Gefühl bereitete, fast hunderttausend Euro für ein Auto hinzublättern und damit, nebenbei bemerkt, die Basis für einen längeren Verbleib in diesem Seniorenheim von vornherein zu gefährden. Sein Gefühl schwankte zwischen Genuss und Erschrecken. Bert ist niemals solche Wagen gefahren, seinen Weg säumen zwei VW-Käfer und eine Reihe Passate, alle unfallfrei. Das Unheimliche lag in dem Wagen selbst. Auf der einen Seite großer Komfort und Entgegenkommen in jeder Hinsicht. Ein Auto, bei dem alles auf Knopfdruck funktioniert, das einem den Weg erklärt und von sich aus auf vermutete Mängel oder anstehende Inspektionen hinweist. Das einem quasi erklärt, wie man es richtig benutzt. Auf der anderen Seite die unheimliche Kraft, die es entfaltet. Beim Gasgeben lief Bert jedes Mal ein Schauer über den Rücken, wenn der bis dahin leise, distinguiert klingende Motor einen giftigen Ton bekam und er sich in den Sitz gedrückt fühlte. In den Kurven das Gefühl, nicht länger selbst zu steuern, wenn der Bordcomputer entschied, welches Rad wie stark gebremst werden musste.

Eigentlich hätte dieses Hilfsmittel ihm ein Gefühl der Sicherheit vermitteln können. Trotzdem ist er mit seinem Geschoss nur einmal richtig gefahren. Damals hatte er schon das Zittern, da stand er bereits am Rand des Abgrunds, auf dessen Sohle er sich heute befindet, und vernünftigerweise hätte er sich nicht ans Steuer setzen dürfen. Doch er musste es tun. Er spürte die innere Notwendigkeit. Er wollte wissen, wie es sich anfühlt, wenn der Wagen rast, wenn er kurz vor dem Abheben ist – am liebsten hätte er gewusst, wie es ist, wenn er fliegt. Aufprallt. Sich überschlägt. Zerquetscht wird. Wie es sich anfühlt, irgendwann aus der Ohnmacht zu erwachen, kopfüber im Hosenträgergurt. Zuzuschauen, wie langsam, doch kontinuierlich Blut aus einem raus in den Saffianhimmel tropft. Ob der Kopf vom Blutandrang immer enger und schwerer wird oder ob eine Gewöhnung eintritt. Was man fühlt, was man denkt, wenn einem plötzlich bewusst wird, das im Gurt nebenan ein totes Mädchen hängt. Und wenn obendrein diese Leiche die eigene Geliebte ist. Denn was soll sie sonst gewesen sein. Er wollte wissen, wie es sich anfühlt, wenn man sie eine Stunde lang oder länger anschaut, die toten Augen, das blutleere Gesicht, den womöglich geschlossenen Mund. Bert selbst hat die Augen geschlossen. Auch in diesem Moment versucht er, sich gedanklich in jenen Wagen zu versetzen, und gerät automatisch auf den Beifahrersitz. Er sieht sich tot von seinem Platz herabhängen, die Arme schaukeln am Kopf vorbei hin und her. Draußen drehen sich noch die Räder. Der Fahrersitz bleibt leer, dort liegt lediglich, quer über dem Lenkrad, seine Gehhilfe. Er kann sich als Toten sehen, aber er bekommt kein Gefühl dafür, wie es ist zu sterben. Wenn er sich das vorzustellen versucht, kehrt er sofort in seinen realen Körper zurück. Und spürt. Seine Müdigkeit zum Beispiel.

Wo ist Gert? Wurde *er* aus dem Wagen geschleudert? Nein, da vorn ist er. Er geht immer noch wie entgeistert rückwärts. Dabei hat er nur die Richtung verloren und gerät Schritt für Schritt mehr in die Mitte des Fahrstreifens zwischen den Parkreihen. Unachtsam läuft er stracks in eine Gruppe Halbstarker. Sie lassen ihn auflaufen, er erschrickt. Die Jugendlichen lachen. Was sie ihm wohl sagen? Bert versteht es nicht. Aus Erfahrung weiß er, dass alles möglich ist. Je nachdem, wie die gelaunt sind. Für Sekunden kehrt die Sonne an den Himmel zurück. Gert hat sich bereits von den Jugendlichen gelöst und kommt zurück zu seinem Vater. Anscheinend haben sie nichts weiter mit ihm anstellen wollen. Er kehrt zurück, wie Bert es sich dachte. Der bringt es nicht fertig, den alten Mann einfach da stehen zu lassen.

Gert wird ihn abholen, er wird sich nicht widersetzen, mit seinem Vater zu dem alten Hof zu fahren, er wird ihm schließlich auch noch weiterhelfen. Sein Gesichtsausdruck wirkt resigniert, seine Schritte sind schleppend. Da es jetzt sicher ist, dass der Junge nicht wegläuft, setzt auch Bert sich in Bewegung. Es geht so lala, lange nicht so gut wie vorhin, als sie noch drinnen waren. Gute Güte – wie lange steht er schon auf seinen Beinen? Sicher bald eine halbe Stunde. Jedenfalls viel länger als gewohnt. Er winkt seinem Sohn auch, das Auto steht hinter dir, du läufst unnötig weit davon weg. Wie üblich reagiert Gert nicht auf seine Zeichen und kommt immer näher. Das hat allerdings auch einen Vorteil. An der Seite des Sohnes läuft Bert irgendwie leichter. Sicherer.

Schweigend nähern sie beide sich nun wieder dem Wagen. Derselbe Weg, den Gert vorhin schon zweimal gelaufen ist. Die Sonne steht über dem Horizont. Die Wolkendecke hat sich geöffnet und lässt einen Fächer aus blassgelbem Licht über das Land fegen, eine kraftlose Bewegung ohne Folge oder Sinn. Kurz darauf bewölkt es sich auch in der Ferne wieder. Bert hält das Ledermäppchen mit dem Fernschlüssel (es hat übrigens dieselbe Farbe wie die Sitze) schon die ganze Zeit in der Linken. Er ist nicht in der Lage, es unterwegs zu öffnen. So bleibt er ein paar Schritte von seinem Wagen entfernt stehen und fummelt den Reißverschluss auf, während Gert langsam vorausgeht. Gleich wird er merken, dass sein Vater stehen geblieben ist. Gleich wird auch das Hündchen stehen bleiben, gleich wird es die Augen aufreißen und zwischen seinem Vater und dem Wagen hin- und herschauen. *Flapp* springt die Verriegelung auf, der Wagen blinkt an allen vier Ecken, auch die Hupe könnte sich zur Begrüßung melden, aber das hat Bert abstellen lassen. Gert wirft den Kopf herum. Wie vorausgesehen, schaut er von dem Wagen zu seinem Vater und zurück. Es ist ein spannender Moment, Bert spürt sein Herz unter dem Brustbein. Jetzt muss der Junge doch begreifen.

«*Das*?», fragt Gert und zeigt, obwohl es ja klar ist, mit ausgestrecktem Arm auf den Sportwagen.

«Ja.» Wieder diese kratzige versagende Stimme, über die Bert manchmal selbst erschrickt. Er humpelt heran.

«Er ist genau wie deiner. Nur technisch verbessert.»

«Ich glaube, ich spinne.» Mit ausgestrecktem Arm streichelt Gert die hinteren Rundungen. Plötzlich zieht er die Hand zurück, als hätte er einen Stromschlag bekommen.

«Was fällt dir eigentlich ein? Spinnst du total, dir das gleiche Auto zu kaufen, mit dem ich mich fast –, mit dem ich fast – was soll der Scheiß?»

Er scheint richtig wütend. Da es keinen Zweck hat, die Wahrheit zu sagen, schweigt Bert lieber gleich. Die heftige Reaktion des Jungen schockiert ihn. Er versteht, dass es Gert aufwühlen muss, den Unfallwagen wieder vor sich zu sehen, ja, zu erwarten, wieder damit zu fahren. Aber gleich dermaßen heftig? Er hört ja gar nicht mehr auf zu schimpfen. Für einen Moment hat Bert Angst, alles könnte doch noch platzen, Gert könnte seinen Helm aufsetzen und endgültig abrauschen. Vielleicht steht sein Motorrad auf dem anderen Parkplatz. Doch die Wut des Jungen verraucht schnell. Er regt sich schon hörbar ab.

«Steig ein», sagt Bert.

Gert schüttelt den Kopf.

«Steig ein.» Sanft, aber eindringlich. Zum Glück hat die Stimme sich normalisiert.

Zögerlich macht der Junge ein Schrittchen. Na,

also. Schon ganz gut. Nein, nicht auf die rechte Seite. Er scheint es selbst zu merken, denn er stoppt.

«Hast du eigentlich noch einen Führerschein?»

«Abgegeben.»

Das ist gelogen. Um zu verhindern, dass Gert fragt, warum denn das Auto nicht verkauft worden ist, fährt Bert schnell fort:

«Hast du denn noch einen?»

Zum Glück nickt sein Sohn bloß, murmelt: «Ich war ja nicht besoffen.» Ganz unaufgeregt sagt er das. Er geht um das Heck herum und öffnet die Fahrertür. Will schon einsteigen, besinnt sich aber.

«Muss ich dir helfen?»

Ja. Du musst, du kannst, mein Junge. Von nun an gibt es praktisch kein Zurück. Um Berts Gemüt legt sich nun wie ein Reif die Ruhe. Schritt für Schritt kommt er voran. Zwischen seinen und dem nächsten Wagen ist genug Platz für den Gehbock. Er lässt ihn stehen. Gert muss das Ungetüm irgendwie in den Fond bugsieren. So lange stützt Bert sich am Nachbarwagen ab. Dann führt ihn der Junge. Beim Einsteigen hält Bert sich am linken Arm seines Sohnes. Der verzieht schmerzlich das Gesicht. Den Schlüssel wird er ihm geben, sobald sie beide sitzen. Wieder übermannt Bert die Aufregung. Auch Aufregung, noch mal mit diesem Wagen zu fahren. Hauptsächlich aber, dabei neben Gert zu sitzen. Diesem Todesfahrer. Ob es wohl rasant wird? Oder fährt er seither wie ein Lämmchen? Es fällt dem Alten auf, dass sie noch nie zusammen

Auto gefahren sind, seit sein Sohn den Führerschein hat. Nun werden sie es also tun. Bert wünscht sich, dass der Junge schnell fahren wird. Vielleicht wird er ihn um einen Abstecher bitten.

Er selbst war bei seiner riskanten Probefahrt auch auf der Autobahn, er wollte den Wagen einmal ausfahren. Als die Tachonadel auf 210 stand, ging er vom Gas. Mehr traute er sich nicht, mehr ging nicht, denn sein Herz raste, die Hände schwitzten und die Beine schlotterten. Aus dem Fuß wich jegliche Kraft. Klar, er hatte Angst. Auch damals schon hätte jeden Moment ein Aussetzer kommen können, nur damals war ihm noch nicht klar, welche Gnade das bedeutet hätte. Außerdem reagiert der Körper immer vital, immer lebenserhaltend in der Auseinandersetzung mit dem Bewusstsein. Und das nur, um sich an jenem vorbei umso wirkungsvoller zugrunde zu richten. Seitdem nur noch Parkplatzfahrten. So nennt er sie, auch wenn er ein paar Monate lang noch zum Einkaufen fuhr oder zum Arzt. Opahaft, mit vierzig oder fünfzig Stundenkilometern. Eine Witzfigur in diesem schnellen Auto. Auch das ist lange vorbei. Der Wagen steht. Bubi wollte ihn nicht bewegen.

Nun also werden sie fahren.

«Was hast du eigentlich vor?», fragt Gert. «Ich dachte, wir gehen ein bisschen spazieren.»

«Wir fahren spazieren. Ich möchte nach Hause.»

«Da fahr ich dich nicht hin.» Das kam sehr schnell. Kleine Pause. «Hast du den noch?»

Hehe, angebissen. Natürlich hat er den Hof noch, schon weil niemand ihn kaufen will. Das muss Gert nicht erfahren.

«Wir könnten vorher einen Abstecher auf die Autobahn machen. Ich will nicht, dass die Gurke sauer wird.»

«Autobahn fahr ich nicht mehr.»

Es klingt entschieden. Welchen Grund mag er haben? Sein Unfall passierte auf der Landstraße.

«Bevor du angeschnallt bist, fahre ich sowieso keinen Meter.»

Der Wagen rollt im Tempo eines elektrischen Rollstuhls über den Parkplatz. Gert hat nur einen Finger am Lenkrad. Die rechte streichelt den Schalthebel. Auch mit Leder bezogen. Das Gesicht des Jungen ist puterrot, er atmet heftig und schaut trotzig geradeaus. Sie haben Streit gehabt wegen der Anschnallerei, sein Junge ist richtiggehend ausgerastet. Der konnte oder wollte nicht verstehen, dass es für Bert keinen Unterschied macht. (Das hat er dem Jungen natürlich nicht gesagt, sondern behauptet, er vertrage diese Art Gurte nicht, er bekäme davon Platzangst.) Schließlich hat Bert nachgegeben.

Es läuft genauso ab wie immer, wenn sie sich sehen. Sie erzählen sich nichts. Wahrscheinlich geht es Gert ähnlich. Woraus entstehen diese Aggressionen? Niemand kann das sagen. Wenn es um einen seiner Schüler ginge, würde er ein Autoritätsproblem vermuten, haha. Bert grinst unwillkürlich und breit. Ganz schwach spiegelt sich sein Gesicht in der Frontscheibe.

An dem schwarzen Escort öffnet sich gerade die Beifahrertür, ein junger, auffallend hübscher Mann steigt aus und stopft mit einer Hand sein Hemd in den Gürtel, während er mit der anderen die Tür zuschlägt. Dabei grinst er genauso breit wie Bert. Dieses eigentlich zu schöne Gesicht mit kantigen Wangen, gerader Nase, studiobraunem Teint und einer doppelten Falte um die verzogenen Mundwinkel wirkt wie die Antwort auf die Miene des alten Mannes in dem roten Sportauto. Beide sind von einem starken, aber unklaren Gefühl beherrscht – und sei es nur eine Sekunde lang. Sein Hosenstall steht offen. Im Vorbeifahren sieht Bert außerdem, dass bei dem Escort das Licht eingeschaltet ist. Rechts hinten ist er gespachtelt, die Lackierung stumpf, das fällt im Kontrast zu den schwarzen Scheiben besonders auf. Obwohl er es besser weiß, stellt Bert sich vor, dass die Spiegelung des wolkigen Himmels, die er in der Frontscheibe wahrnimmt, das Glas undurchsichtig und den Fahrer blind macht.

Die Bäume auf dem riesigen Areal sind von Holzgestellen gestützt, die Stämme bis zu einer beträchtlichen Höhe mit Jute umwickelt. Ihr Laub haben sie zum größten Teil abgeworfen, so wirken sie noch kränker als ohnehin schon. Jegliche Üppigkeit fehlt, jegliche Stabilität und Kraft. In zehn Jahren wird das anders sein, es sind frisch angepflanzte Bäume, die sich entwickeln müssen. Nur im Zusammenhang mit der Seniorenresidenz wirken sie, als wären sie schon am Ende. Es schiene auch sinnreicher, hätte man anstelle der jungen Bäume irgendwelche alten Stämme aufgestellt, die woanders störten oder sonst keine Chance mehr hätten. Oder gleich bearbeitetes Holz, alte Eisenbahnschwellen, Gerüstbohlen, Spanplatten, die am Ende ihres Weges angekommen sind. Bert muss über seine mokanten Gedanken innerlich grinsen.

Auch die Strauchgruppen wirken ärmlich und dünn. Kaum dass sie den Parkplatz verlassen haben, gibt der Junge Gas. Der Motor röhrt, weg sind sie, mit überhöhter Geschwindigkeit hin über Aufpflasterungen und vorbei an künstlichen Engstellen. Und mit vollem Risiko sowohl für den Wagen als auch für Gerts Punktekonto. Bert überlässt sich dem Beschleunigungsrausch. Im integrierten Schminkspiegel der Sonnenblende sieht er die Lichter des Escorts hinter ihnen schnell kleiner werden.

Schon taucht das Ortsschild auf, mit dem roten Strich quer durch, und ein letzter, nicht erhöhter Pflasterstreifen wird vom Wagen überrollt. Die Straße verbreitert sich auf der Stelle, nach wenigen hundert Metern, die sie binnen Sekunden zurücklegen, müssen sie allerdings wieder abbiegen auf jene schmale Landstraße, die direkt an seinem verlassenen Hof vorbeiführt. Diese Straße ist verkehrsarm, so unbedeutend, dass ihre Verbreiterung wahrscheinlich nie je geplant war. Sie folgt, solange sie durch die Hügel führt, dem Relief, umfährt die steilen Stellen in Kurven mit engen Radien, schneidet nur minimal in die Landschaft ein. Das gibt ihr etwas Anheimelndes, Postkartenreifes. Später hören die Hügel leider auf, flaches Land erstreckt sich kilometerweit ohne viel Abwechslung. Kein schöner Landstrich, mancher mag ihn gar hässlich nennen. Aber schließlich ist es seine Heimat, und ein Teil davon gehört immer noch ihm. Berts Vater hat das Land bereits verpachtet. Heute nutzen die Landwirte es zu lächerlichen Konditionen. Bert hat diese Scholle nie betreten, schon gar nicht bearbeitet, trotzdem wusste er immer: Es ist seins. So erfasst ihn auch diesmal wieder eine kleine Erregung, als die präriehafte Weite beginnt. Noch sind sie nicht da, aber er weiß: Dahinten liegt es. Es gehört mir. Er ist nervös. – Merkwürdig.

Mit der Aufregung kehrt das Zittern zurück, oder wird es ihm lediglich wieder bewusst? Jedenfalls erweist es sich als schwierig, die kleinen Hörknöpfe, die aus seiner Brusttasche baumeln, einzufangen und in die Ohren zu befördern; die Musik soll beruhigen und ihm zusammen mit dieser chauffierten Reise so was wie einen letzten Genuss verschaffen. Doch zunächst regt dieses hilflose Gefummel ihn noch mehr auf.

Zwei-, dreimal flucht er leise. Gert fährt jetzt konzentriert und gleichmäßig, schnell, aber nicht riskant. Der gewöhnliche, leicht bedepperte Ausdruck beherrscht nun wieder seine Züge. Übrigens hat er kein Wort verloren, als er aus Berts Schrank die gleiche C&A-Jacke zog. Es schien so selbstverständlich wie früher die Mao-Jacken bei den chinesischen Kommunisten. 49,90 kostet das Ding. Auch Gerts Hose hat das Label einer C&A-Marke, wie er vorhin gesehen hat. Offenbar kein eigenes Auto mehr. Er wäre nicht der Erste, der schon bessere Tage gesehen hat. Beim Fernsehen muss er ja massenhaft Geld verdient haben – ein entsprechender Lebenswandel verbraucht allerdings auch viel. Eins scheint Bert jedenfalls festzustehen: Freiwillig trägt der Junge diese Sachen nicht, nein, er kann sich nichts anderes leisten. Karriere rückwärts. So sieht es aus. Da hat einmal an seiner Hose die Tasche gefehlt, in die er die Hände besser gesteckt hätte. Dann der zu Schrott gefahrene teure Wagen, praktisch neu und womöglich nicht bezahlt.

Bert erinnert sich an einen Streit, den sie vor vielen Jahren hatten – um Geld. Damals hatte der Junge seine abwegige Vorstellung, Maler zu werden, gerade gegen die ebenso abwegige vertauscht, die Schauspielschule zu besuchen. Diese Schulen, jedenfalls die privaten, waren teuer, was lag da für einen Faulpelz näher, als zu Papa zu gehen? Der ihm beinahe auch was gegeben hätte. Das Einzige, was er erwartete, war ein bisschen Einsicht. Denn damals steckte der Junge all sein Geld in Kleidung. Trotzdem hätte Bert dem

Sohn unter die Arme gegriffen. Schließlich muss jeder selbst wissen, was er aus seinem Leben macht. Doch Gert beschimpfte seinen Vater, ohne eine Reaktion zuzulassen, mehrfach als ‹Sauschwein› – genau dies war sein Ausdruck. Und lief weg.

Wie er dennoch die Schauspielschule schaffte, weiß Bert nicht. Vielleicht hat Marlen ihm was gegeben. Die allerdings immer betont hat, sie habe selbst gar nichts. – Wenn er so überlegt, hatte es doch immer was mit Geld zu tun, wenn Gert ihn besuchte. Einmal sollte er den Hof verkaufen oder wenigstens das ‹beschissene Land›, um den Jungen auszuzahlen. Selbstverständlich alles *vor* der Fernsehkarriere. Nun ist es also wieder so weit. Es piesackt Gert, er scheint wütend auf sich selbst zu sein. Aber letzten Endes bleibt ihm nichts anderes übrig, als zu fragen und zu bitten. Kein Problem, für eine kleine Gegenleistung soll er alles bekommen. Da er sich auf so bedauernswerte Weise selbst im Weg steht, wird Bert ihm sogar entgegenkommen. In Vorleistung gehen, gewissermaßen. Bert denkt an einen berühmten alten Mann. Er ist inzwischen tot, doch vor ein paar Monaten war er noch im Fernsehen zu sehen. So alt, gebeugt, verzogen von der Last der Jahre, krank, zitternd, halb entrückt, saß er hinter diesem Mikrofon, das seinen Mund vollständig verdeckte, und las von gelben wackelnden Blättern seine Botschaft ab. Wie vertraut doch seine Stimme, seine weiche Behandlung der Konsonanten und großzügige Dehnung der Vokale im Lauf der Jahre geworden war. – Wie kam er gleich darauf?

Vielleicht liegt es an der Musik, die klingt gerade etwas schwermütig. Manchmal kann Bert sich den barocken Klängen so vollkommen überlassen, dass er gedanklich abhebt und wie ein Düsenjet zu fliegen meint. Oft hat er seine Heimat schon im gedanklichen Tiefflug überquert. Unter ihm rasten die Maisfelder dahin, Straßenbänder und flüchtige Ansammlungen von Häusern – und natürlich die vereinzelten Gehöfte der in dieser Gegend häufig früh ausgesiedelten Landwirte. Ja, er sieht sie rasen, Bäume und Häuser, umso schneller, je langsamer und ruhiger die Musik wird. Hier draußen, sozusagen vor Ort, geschieht das nicht. Er möchte auch gar nicht die Augen schließen, er möchte dieses Land noch einmal *sehen*.

Wie um ihm einen Gefallen zu tun, bricht die Sonne wieder durch die Wolken und bestrahlt die Szene mit herbstlich abgemagertem Licht. Alles wirkt nun heller und vergleichsweise bunt. Das Gelände steigt allmählich an, eine lange, lange Rampe führt auf einen lächerlichen Höhepunkt, kaum Erhebung zu nennen; gerade hoch genug, um nicht darüber hinwegschauen zu können. Wenn sie dort oben ankommen, wird der Hof vor ihnen auftauchen, inmitten der Ländereien, von denen Gert nicht mal zuverlässig wissen dürfte, dass es ihre sind. Unruhe erfasst Bert. Er richtet sich, so gut er kann, im Sitz auf. Diese Hosenträgergurte sitzen verdammt stramm. Für einen

Moment überlässt er sich noch mal der Vorstellung, zusammen mit seinem Sohn in diesem Auto zu sterben. Er weiß, das wird nicht geschehen. Es gibt hier keine steilen Böschungen, nicht mal eine Kurve, aus der sie fliegen könnten. Und den Wagen einfach so zum Überschlagen zu bringen, sodass nur ein Klumpen aus Blech und Wrackteilen übrig bleibt, das wird Gert nicht fertig bringen. Ob er sich trauen würde, absichtlich einen Unfall herbeizuführen? Also wird der Wagen unversehrt bleiben. Bert zieht an der Schnur, der linke Ohrhörer stürzt auf sein Schlüsselbein und von dort auf die Brust hinab und tiefer, bis er baumelnd auf Höhe des Nabels hängen bleibt.

«Du kannst das Auto haben.»

Scharf auf die Reaktion geschaut. Hellt sich da nicht das Gesicht auf? Eine Antwort erwartet Bert jedenfalls vergeblich. Aber Gert *muss* sich freuen! Der Wagen ist neuwertig. Siebzig-, achtzigtausend bekommt er sicher dafür! Der Gedanke, seinem Sohn auf diese Weise zu helfen, ritzt sein Herz; er kann dieses warm in die Brust ausströmende Gefühl nicht anders als väterlich nennen. Komm, denkt er, gib dir einen Ruck. Greif zu! Der Junge schweigt, sein Mund grimassiert zwischen Lachen und Bitterkeit.

«Möchtest du den Wagen haben?» Etwas vorsichtiger. Gert die Wahl lassen. «Ich schenk ihn dir.» Um jedes Missverständnis auszuschließen.

Schon verwandelt sich die Wärme in Wehmut. Schon kehrt der Krampf zurück, der seine Brust in

Eisen klammert. Es soll ein Ende sein, er mag nicht mehr. Für seine Hilfe würde Bert dem Jungen den gesamten Hof anbieten. Leider bekommt er den früher oder später ohnehin. Das wird Bert jetzt erst klar. Er kriegt ja alles, ihrem Jungen wird Marlen sicher nichts streitig machen.

«Ich brauch kein Auto», erwidert Gert. Oder hat er gesagt: ‹Ich brauch kein Auto *mehr*?›

Unvermittelt bekommt Bert das Gefühl, sein Kopf und alles würde einfach angehalten. Er hat vorhin, als das Wetter noch danach war, die Sonnenblende runtergeklappt und glotzt jetzt im Schminkspiegel sich selbst an, die dunklen Augen bewegungslos und ohne Lidschlag, den Kopf hält er schräg und zwischen die Schultern gezogen. Machtlos muss er sich bei dieser Zwangspause betrachten. Früher hat er Spiegel weniger zur Aussehens- als zur Haltungskontrolle benutzt, er straffte die Brust und hob das Kinn, jedes Mal, wenn er sich so aufrichtete, fühlte er sich besser. Je länger er es betrachten muss, desto mehr beginnt er sein Gesicht zu hassen. Diese runzlige Visage. Keine Spur von Altersschönheit. Er wünscht sich, auch sein Bewusstsein wäre auf Pause gestellt.

Endlich lässt sich die Hand wieder heben. Bert klappt schnell (so schnell er halt kann) die Blende hoch. Das war, als hätte ihn jemand bedroht, schau bloß nicht weg, sonst – sonst was? Sein Gesicht scheint immer noch auf der Windschutzscheibe zu stehen. Oder sieht er tatsächlich seine Reflexion im Glas?

Darf er sich selbst noch trauen, fängt er etwa zu allem Überfluss noch zu spinnen an? Bert zieht den zweiten Knopf aus seinem Ohr. Als er spricht, erschrickt er selbst vor seiner garstigen Stimme.

«Fahr nicht so schnell!»

5.

Gert muss grinsen. Erst hinterher merkt er, dass er wütend ist. Sein Vater hat einen Autoatlas aus dem Handschuhfach genommen und nach kurzem Blättern eine Seite herausgerissen. Dieses grüne Blatt voller roter, gelber und weißer Linien zwischen schwarzen Punkten reißt er nun in immer kleinere Stücke, bis nur mehr ein handtellergroßer Fetzen übrig bleibt, der Flecken Erde, über den sie gerade fahren.

«Hey! Warum tust du das?»

Die Wut in seiner Stimme muss zu hören sein. Worauf bezieht sie sich? Der Atlas gehört nicht mal ihm. Irgendwie hängt es mit dem Zerreißen zusammen, der Isolierung des Fetzens von seiner Umgebung, die nach und nach sorgsam gehäckselt im Fußraum des Wagens landet. Jedes abgerissene Stück Karte ist wie untergegangenes Land, nicht mehr zu betreten.

«Ich finde es unmöglich, was du da machst», schreit Gert. «Ich finde das – ich finde es –, es ist egoistisch.»

«Warum», erwidert Bert munter und hält den übrig gebliebenen Fetzen hoch, «so ist sie doch viel handlicher.»

Zu allem Überfluss hält er sich den Kartenrest nun waagrecht vor die Brust und schaut mit konzentrierter Miene abwechselnd nach unten auf die Karte und nach vorn auf die Straße. Als wäre er fremd hier, als wüssten sie nicht beide ganz genau Bescheid. Der Alte ist hier aufgewachsen, Gert musste hier aufwachsen – ein Abschnitt seines Lebens, den er nur jämmerlich nennen kann. Auch wenn der Rest nicht besser war. Dies hier legte den Grund für alles. Hinter dem Hügel, den sie gerade hinauffahren (Hügel kann man es eigentlich nicht nennen), beginnt schon Berts Land. Das Atlasstück in seinen Händen entspricht in etwa seinem Besitz. Gert lässt sich Zeit mit dem Hinschauen. Die Straße führt ja doch geradeaus.

Es fällt ihm schwer, hier entlangzufahren. Seine Kehle ist zugeschnürt, sein Körper wachsam gespannt wie bei Anzeichen einer bekannten Gefahr. Riesige abgeerntete Felder bilden eine bis zum Horizont reichende Fläche. Die Äcker scheinen noch größer geworden zu sein, seit er sie zuletzt sah, die letzten Hecken und Bäume sind verschwunden. Auf der linken Seite der Straße ragen riesenfingerlange Maisstoppeln aus dem Boden, die meisten sind jedoch tief in den Grund gewalzt. Rechter Hand ist der Acker fast glatt, wie aufgeschlämmt. Wasser, das in von den riesenhaften Landmaschinen hinterlassenen Fahrspuren stehen geblieben ist, hat sogar das Gras an den Wegrändern gelb werden lassen. Weiter gibt es hier nichts. Die Begrenzungspfähle entlang der Straße bilden eine dürftige Abwechslung für das darbende Auge; sie führen in zwei langen geraden Linien auf den nicht mehr fernen Horizont zu. Männer in orangen Overalls stellen zwischen den Pfählen lange Stangen auf. Nicht mal ihre Arbeitskleidung leuchtet. Im Hintergrund schneidet eine weitere Linie senkrecht zur ersten ins Bild, alte Strommasten aus Holz. Warum sie ausgerechnet entlang dieser Scheitellinie gesetzt wurden, hat ihn in früheren Jahren oft beschäftigt. Sie führen quasi aus dem Nichts ins Nichts. Die Umspannstation, von der sie kommen, liegt nicht linkerseits, sondern hinter ihnen. Nach rechts hin findet sich keine Siedlung, die Leitung biegt hinter dem Hügel ab und führt in großem Bogen zu Berts Hof.

Dauernd wechselt das Licht. Zuletzt war der Himmel dramatisch dunkel, dann schienen die Wolken zu einem grauen Brei zu versumpfen, so unkonturiert wie das Land, das sie bedecken. Nun hat sich ein Schlitz im tiefen Himmel geöffnet, Sonnenschein hellt ihn auf und mildert den strengen dunkelbraunen Ton der Erde zu einem stumpfen mittelbraunen. Am Himmel eine Schar unbekannter Vögel. Sie gleichen in ihrem Gleiten kleinen Passagierflugzeugen; ihre Leiber blitzen bisweilen im Licht wie poliertes Aluminium. Urplötzlich taucht neben Gert ein schwerer, geländetauglicher Wagen auf. Er überholt mit zwei Rädern auf dem Seitenbankett, anders wäre das Manöver nicht möglich, und muss unmittelbar vor ihnen scharf nach rechts einscheren, um nicht das

Wegkreuz zu rammen, das linker Hand ohne erkennbaren Grund aufgestellt ist.

Neben ihm richtet Bert sich gerade in seinem Sitz auf und murmelt: «Na, der muss jetzt aufgewacht sein.» Dabei zeigt er auf den in der nächsten Kurve schlingernden Wagen. Gert entsinnt sich, dass der Alte dafür gekämpft hat, das Kreuz wegen Verkehrsgefährdung entfernen zu lassen. Was er wohl sagen würde, wenn ausgerechnet sein Sohn es nun rammen würde, noch dazu mit diesem teuren, nahezu unbenutzten Auto? Er wirft einen Seitenblick auf Bert, doch der sitzt schon wieder da wie versteinert. Es scheinen regelrechte Anfälle zu sein, denen sein Vater ausgesetzt ist. Seinem Ausdruck und anschließenden Verhalten nach zu urteilen, hat er dabei keine Schmerzen. Trotzdem wirkt der Verfall, seit sie draußen im Tageslicht sind, erschreckend auf Gert. Seine Schlaffheit, die Kraftlosigkeit seiner Hand und das uninteressiert Müde seines Blicks. Nur in Gegenwart von Schwester Bubi hat er ihn noch einmal anders erlebt, traurig zwar, aber doch lebendig.

Ein Strommast fehlt. Die Reihe hat eine Lücke bekommen, das freut Gert. Es ist, als wäre etwas geschehen. Als Jugendlicher hat er sich oft vorgestellt, dieses Land in die Luft zu sprengen, dass der Dreck nur so spritzt. Mit den Masten hätte er angefangen. Sie erschienen ihm als eine Reihe von Galgen, aufgestellt, um an jedem von ihnen einen seiner Träume zu henken. Sieht er richtig, hängen da keine Leitungen mehr dran? Wahrhaftig, da ist nur noch Luft zwischen den einzelnen Stangen. Also ist es nun so weit, die Region wird der Natur zurückgegeben, man hat erkannt, dass diese Gegend unbewohnbar ist. – Leider ist Gert sich sicher, dass in Wirklichkeit ein Erdkabel verlegt wurde. Der Strom fließt heute unterirdisch. Die Masten werden nun gekappt, es summt nicht mehr darin. ‹Musik› hat der Alte das früher genannt. ‹Horch mal an dem Mast, da ist Musik drin.› Oder auch: ‹Fass mal an den Draht, da ist Musik drin.› *Zack.* Trotz niedriger Voltzahl war so ein Stromschlag aus dem Elektrozaun ein Schock, das Zeichen einer unwiderstehlichen Macht, mir nichts, dir nichts töten zu können.

Das Gelände steigt so langsam an, dass es schon wieder wirkt, als falle es ab. Die Scheitellinie wird zu einem Tiefpunkt der Landschaft. Gert gibt Gas, ein wohliges Kribbeln durchläuft ihn, als der Wagen anzieht. Es ist fast so gut wie mit dem Motorrad. Plötzlich hat er es eilig, hinter die Kuppe zu blicken, als könnte es eine Veränderung geben. Dabei weiß er, dass es hinter der Kuppe genauso trostlos weitergehen wird. Wiesen und Felder, braun und grün. Der Alte scheint die schnelle Fahrt zu genießen, auch wenn sie außer der Beschleunigung auf gerader Strecke kein Erlebnis bietet. An seinem fünfundvierzigsten Geburtstag ist Gert zuletzt so gerast, mit einem Leihwagen, den er bis heute nicht bezahlt hat. Er wollte auf die Zugspitze, fünf, sechs Stunden Fahrt pro Weg plus die Fahrt hinauf. Ein Projekt aus besseren Tagen. Sonderbar, wie man an so was festhalten kann. Nach langer, dröger Fahrt über die Autobahn, das Gebirge war schon in Sichtweite, fühlte er sich so gelangweilt, dass er abfuhr. Doch über die Landstraße verfehlte er den Weg. Es war bereits Nachmittag, und er hatte alle CDs längst durchgehört, als er endlich aufgab. Endstation: ein Parkplatz am Walchensee. Es sei der tiefste See des Landes, las er auf einer Infotafel. Als er zurückgekehrt war, lag der Pfändungsbescheid im Briefkasten.

«Wie du Auto fährst», sagt der Alte mit wackliger Stimme. Es ist nicht zu entscheiden, ob er das zustimmend meint oder kritisch.

Die Raserei muntert Gert auf. Er würde gern in einem waghalsigen Manöver die Kurven einer Steilküstenstraße runterdonnern. Hier gibt es keine Kurven. Gert stellt sich vor, wie er mit solch einem Affenzahn über die Kuppe brettert, dass der Wagen abhebt und beim Aufsetzen tief in die Federn geht. Anschließend gibt er noch mehr Gas. Nebenbei löst er seinen Gurt. Bert ist sowieso nicht angeschnallt. Das nächste Hindernis ist die Hofmauer, sie können mit 250 dagegen rasen. *Krrrrmmppfff*. Aus. Doch es würde nicht funktionieren. Die Mauer entlang zieht sich der Straßengraben.

Ganz gleich, was er sich vorstellt, Gert bleibt in Hochstimmung. Der Mensch ist ein dummer Sklave seiner Körperchemie. Tust du Adrenalin rein, kommt ein Kick raus. Wenigstens ein kleiner. Die Laune hebt sich, der Horizont verschiebt sich, schon fällt auf alles ein anderes Licht. Das Drängen und Giften des Motors lässt es plötzlich möglich erscheinen, in beiden Talkshows gleichzeitig aufzutreten, die Zeit ist reif für sein Comeback. Es wird ihm nicht schwer fallen, den richtigen Ton zu treffen: Ich habe Fehler gemacht, ich bereue es, ich bin auch nur ein Mensch, ich habe gebüßt und bitte um die Gunst, zurückkehren zu dürfen in das Licht der Studios und die Herzen der Zuschauer. Dann ein bisschen mehr in die Details: Wissen Sie, damals habe ich sehr unter Druck gestanden. Und diese Assistentin (ich habe mich übrigens mehrfach bei ihr entschuldigt und sie auch persönlich entschädigt) hat mich, nebenbei gesagt, ein wenig provoziert. Natürlich will ich damit nicht die Schwere meiner Verantwortung mindern. – Keine blöden Rückfragen, kein hinterhältiges Nachhaken, ein langweiliger Tag in der Geschichte der Welt beschert ihm auf den Titelseiten der Boulevardblätter ein paar verständnisvolle Schlagzeilen. Er hätte sein Handy nicht wegwerfen sollen.

«Ich hatte eben ein super Angebot. Auftritte in den beiden wichtigsten Talkshows des deutschen Fernsehens.»

Bei seiner guten Laune kann er gar nicht mehr aufhören zu reden. Obwohl es völlig absurd ist, diese Dinge zu erzählen. Er merkt, dass er den Mund nur aufgemacht hat, um Bert eine Freude zu bereiten.

Schon jetzt bereut er, davon angefangen zu haben. Der Alte kann ja gar nicht wissen, wovon Gert eigentlich redet. Von diesen Sachen hat er keine Ahnung. Dementsprechend nickt er verständnislos vor sich hin. Vielleicht zittert er auch bloß.

«Du wirst zurückkehren auf die Mattscheibe. Ich habe es ja gesagt. Übrigens fand ich deine Sendung Spitze. Ich habe fast immer zugeschaut, wenn sie kam.»

Was steckt hinter der plötzlichen Anerkennung?

«Dabei war es purer Zufall, dass ich überhaupt eine Sendung bekommen habe.» Wie unter Geständniszwang. Halt an dich, Gert. Doch er wendet sich dem Vater halb zu und fährt leise fort: «Es geschah aufgrund einer Verwechslung. Foto des Wunschkandidaten, aber meine Adresse.»

Der Alte: «Du warst genau der Richtige. Was habe ich gelacht. Nicht nur ich, alle haben wir –, also alle, die ich kannte … mit denen ich sprach, fanden dich immer zum Totlachen.»

Bitte kein Beispiel! In Gerts Kragen steht Wasser. Er hasst es, so stark zu schwitzen. Unter den Armen hat er sich mal die Schweißdrüsen veröden lassen, danach wurde es an Kopf und Hals noch schlimmer.

«Du verstehst mich nicht. Ich stand nur deshalb vor der Kamera, weil sie die Einladung versehentlich an mich geschickt hatten. Sie haben es natürlich gleich gemerkt. Aber es war ihnen egal.»

Wieder nickt der Alte. Sein Grinsen ist so breit,

dass seine Bäckchen fast die Tropfenbrille hochschieben.

«Weißt du überhaupt, warum ich rausgeflogen bin? Warum die Show gecancelt wurde?»

«Sicher. Sicher.»

«Ich hab meiner Assistentin die Hand zwischen die Beine gesteckt.» Wozu es runterspielen. Allerdings fällt es ihm schwer, seinem Vater gegenüber solche Dinge zu äußern (und das mit fünfundvierzig!). «Sie hat so dünne Tights getragen, da konnte man eh alles sehen.»

«Dünne was?»

«Ich dachte, du bist Englischlehrer. Tights. – Dünne Hosen. Eng.» Ihm fällt kein präziseres Wort ein. «So ein Trikotstoff. – Ich habe mich geschämt. Ehrlich gesagt, schäme ich mich noch heute. Ich hätte das nicht tun sollen.»

«Also, ich weiß nicht.» Manchmal rinnt Speichel von Berts Lippen. «Meinst du, dass es schlimm war? Tut man so was nicht?»

«Hast du den Verstand verloren?»

Bert wird bleich, sein eben noch lustig verzogenes Gesicht versteinert.

«Wenn du damit sagen willst –»

«Neinnein», erwidert Gert schnell. «Es tut mir leid. Lass uns von was anderem reden. Das ist halt das Leben.»

«So.» Altbekannte Schärfe in Berts Stimme. «*So* ist das Leben. Aber ich glaube nicht, dass es so ist. Es kommt auf die Haltung an.» Kleine Pause. «Jedenfalls solange man Haltung bewahren kann.»

Der Tonfall des Alten ist ins Weinerliche gekippt. Er denkt nur an sich selbst. Nie an jemand anderen. Nicht an seine Frau, nicht an seinen Sohn. Vor dem Wagen fliegt ein Bussard auf. Er saß bei einem toten Hasen auf der Fahrbahn. Gert kann deutlich ein Büschel Haare im Hackschnabel des Vogels erkennen. Bremsen muss er nicht.

«Haltung», ruft er, und seine Stimme klingt mit einem Mal hell und jung, «Haltung ist was Soldatisches.» Er weiß, dass er den Alten damit trifft. Es geht nicht anders. «Haltung ist was Beschissenes. Die Sache ist doch die, dass wir immer falsch liegen, immer aufs Maul fallen, egal, was wir tun. Wir wissen einfach nicht gut genug Bescheid, um unser Leben hinzukriegen.» Leiser hinterher: «Ich jedenfalls nicht.»

Er hat den Fuß vom Gas genommen. Warum hat er es nicht von vornherein sein lassen? Zum hundertsten Mal (allerdings zum ersten Mal seit vielen Jahren) nimmt er einen Anlauf, seinem Vater etwas über sich zu erklären; dabei weiß er, es ist wie Butter Wurzeln schlagen zu lassen.

«Du bist noch jung.»

Danke, Papa. Danke, dass du mir mit diesen Plattitüden und mit deiner Ignoranz hilfst, wieder auf den Boden zu kommen. Danke, du Arsch. Womöglich hätte ich sonst noch weiter geschwafelt, gebeichtet, gestanden, ein Urteil erwartet. Dir mehr erzählt, von meinem Unfall angefangen, von Felicitas, von den schrecklichen Dingen. Du lachst so was weg, du würdest hervorragend in diese Branche passen, so gut, wie ich nicht reinpasste. Nein, ich werde nicht zurückkehren, es wird keine Talkshow geben, kein öffentliches Vorturnen. Nicht mal im Dritten.

Komisch. Je langsamer der Wagen wird, desto fester klammert er die Hände ums Steuer. Bert sitzt jetzt neben ihm mit vor der Brust verschränkten Händen und starrt auf die Frontscheibe, als würde er jeden Moment damit rechnen, ins Jenseits befördert zu werden.

Gert empfindet tiefes Mitleid mit seinem Vater. Das lässt ihn verzweifeln; zum fünftausendsten Mal in den letzten Wochen verzweifelt er. Ist er denn schuld an dem elenden Zustand des alten Herrn? Antwortmöglichkeiten: a. nein, b. nein, c. nein. Ist er schuld daran, dass seine Mutter Bert verlassen hat? Nein. 1., 2. und 3. nein. Da müsste er ja auch schuld daran sein, dass die beiden sich überhaupt nah genug kamen, um miteinander einen Sohn zu zeugen. Ist er schuld, dass Felicitas starb? Ein Streifen Fell mit wenig Haaren. Nein. Neinneinneinneinneinneinnein. Sie war noch so jung. Das war gleichzeitig das Gefährliche an ihr. Bis zum Ende war er beinah mehr ihr Vater als ihr Geliebter, für alles verantwortlich, alles übernehmend. Ist denn der Bussard schuld am Tod des Hasen, den er frisst?

Gert hat es geschafft, trotz langsamen Fahrens bei gerader Strecke auf das Seitenbankett zu geraten. Er muss heftig korrigieren, um zurück auf die Straße zu kommen. Die Reifen auf der Beifahrerseite fräsen sich in den weichen Grund, und der Fahrbahnrand wirkt wie eine Schiene. Also gibt er wieder Gas. Diesmal keine Spur von Euphorie – die Beschleunigung, der gewaltsame Ruck, mit dem der Wagen zurück auf den Asphalt findet, verstärken nur die Wut oder Verzweiflung oder Ohnmacht, die er spürt, die plötzliche Wut auf seinen Vater. Wrack, Wrack, Wrack. Geht es ihm wirklich so schlecht, wie er behauptet? Ein hilfloser Zustand hat ja auch seine Vorteile. Zum Beispiel, wenn man eine Schwester Bubi findet. Oder daran glaubt. Denn am Ende hat sich auch in Berts Fall gezeigt, dass alles Beschiss war. Die hat ja wohl nicht seinetwegen geweint in dem schwarzen Escort.

Womöglich wirkt hier ein Prinzip der ganzen blöden Gesellschaft überhaupt. Auch Gert fühlte sich am Ende gefoppt von seiner kleinen Felicitas. Dabei schien sie zunächst der große Glücksfall seines Lebens zu werden. Während alle anderen so taten, als hätte er die Pest, stand sie zu ihm oder tat doch so, als gäbe es die ganze Angelegenheit nicht. Nie bohrte sie in seiner Wunde, nie höhnte sie über seinen Fall. War sie darum gut? Mitnichten. Sie belog ihn. Er hörte ein Telefonat mit, in dem sie über ihre Lehrer schimpfte. Von wegen achtzehn. Sie war noch nicht mal in der Oberstufe. Es war ein Schock. Binnen einer Sekunde war die Schlagzeile in seinem Kopf gedruckt: Gert K. – jetzt auch Sex mit Minderjähriger? «Sex» in fetten roten Lettern eigens hervorgehoben. Weil er sie belauscht hatte, traute er sich nicht, sie unmittelbar darauf anzusprechen. Einmal versuchte er, sie aus der Deckung zu locken mit einer harmlos hingeplapperten Bemerkung über den von ihm immer besonders gehassten Sportunterricht; planmäßig hätte sie antworten sollen: ‹Ich hasse Sport auch› oder so was, das Präsens hätte sie verraten. Doch sie kräuselte nur leicht die Stirn und bat ihn, ihr noch einmal fünfhundert Euro zu leihen. Sie sagte immer leihen.

Von da an gab es zwischen ihnen nichts Harmloses mehr. Das Gefühl, etwas Verbotenes zu tun, das ihn bisweilen ohnehin beschlichen hatte, spaltete sich in die Angst vor einem neuen Skandal und der unangenehmen Ahnung, dass sich etwas ganz und gar Heilloses vorbereitete, dass die Blase platzen und ihm ein Schwall ätzender Flüssigkeit im Gesicht brennen würde. Alles fühlte sich anders an, jeder Liebkosung Felis schien eine Berechnung vorausgegangen zu sein. Er gab ihr mehr und mehr Geld (obwohl er schon damals im Grunde nichts hatte) – von sich aus: ‹Kauf dir was›, ‹mach dir einen schönen Tag›. Der traurige Endpunkt seiner Fantasien war eine Erpressung. Er sah sich schon, ausgenommen bis auf den letzten Cent, ja tief verschuldet. Als sie schwanger wurde, dachte er: ok, es ist so weit. Doch sie trieb ab. So sorglos, wie sie empfangen hatte. Pille vergessen, Pille danach nicht ‹gekriegt› (was im Klartext ja wohl bedeutete: nicht auf die Reihe gekriegt, sie zu organisieren) – dann halt zum Arzt. Unheimliche Macht der Frauen über Leben und Tod. Wie alt sie wirklich war, weiß er bis heute nicht. In der Zeitung stand dauernd etwas anderes, und aus ihrem Umfeld kannte er niemanden.

Sein Verdacht wurde ohne jeden Beleg zur Gewissheit. Hätte er sie gewähren lassen sollen? Vielleicht hätte er auch diese Erniedrigung noch ertragen, und wenn nicht, wäre er bloß an demselben Punkt angelangt, an dem er sich auch jetzt befindet, am Endpunkt. Sein ganzes Leben hat er so verbracht, alles laufen lassen, toter Mann gespielt, bis er wieder irgendwo angetrieben wurde. Mit dem Fuß auf dem Gas zu bleiben und die Hände vom Lenkrad zu nehmen, war ein ganz ähnliches Spiel. Ergebnisoffen. Fast bescheiden. Er hat nicht geglaubt, sich zum Herrn über Leben und Tod machen zu können. Merkwürdig, dass es in solchen Dingen Wahlfreiheit zu geben scheint. Sosehr der Mensch im Kleinen Sklave seiner Hormone ist, sosehr ist er bei großen Entscheidungen frei und damit allein. Zu jedem Gedanken fähig und zu mancher Tat. Im Alltag hängt er völlig von seinen Stimmungen ab. In existenziellen Situationen dagegen zeigen sich völlig neue, überraschende Gefühle: Größe, Lust … es fällt ihm schwer, das zu benennen, es scheint pervers. Jedenfalls hat er sich nie vorher oder nachher so eins mit sich gefühlt, nie war ihm so wohl in seiner Haut wie im Moment der Unterlassung. Es war, als wüchse Felis Kraft ihm zu. Obwohl natürlich im Vorfeld, im Untergrund, die Kleinigkeiten eine nicht zu unterschätzende Rolle gespielt haben mögen. Die Freude am schnellen Fahren etwa, ganz ähnlich wie heute –

Neben ihm bewegt sich was. Es fällt Gert wieder ein, dass er nicht allein im Auto sitzt. Sein Vater hat sich im Sitz aufgerichtet und zieht an den Strippen seiner Ohrhörer. Sie sind aus weißem Kunststoff, ein kleiner teurer, ebenso weißer Player schwebt an ihnen, schaukelt in die Höhe, in Richtung Armaturenbrett, stürzt aber unterwegs ab und fällt Bert in den Schoß. Dort bleibt er unbeachtet liegen. Der Alte schiebt mit fahrigen Bewegungen die Finger in die Brusttasche. Drei Versuche braucht er, bis sie mit ein paar eng gerollten Scheinen zurückkommen, grünen Hundertern. Mit einer Art Schnippen, als wollte er sie Gert ins Gesicht schleudern, hält Bert sie ihm unter die Nase:

«Nimm das», sagt er. Es klingt dringlich: Steck sie schnell weg, bevor es jemand sieht.

Gert schluckt. Bekommt er jetzt sein Taschengeld? Er will die Hand wegschieben, greift dann plötzlich zu und quetscht die Scheine schnell mit dem Daumen hinter die Abschlussnaht seiner Hosentasche. Es sind nicht wirklich Worte, die er dazu murmelt. Sein Vater scheint zufrieden.

«Mehr hab ich nicht dabei», sagt er. «Aber ich hab noch bedeutend mehr. Wenn du noch was brauchst, sag's nur.»

«Es reicht», knurrt Gert, «es reicht.»
Unterdessen haben sie die Kuppe erreicht, den lächerlichen Knick im Relief, der seit jeher dafür sorgt, dass es zwei Bilder von diesem Landstrich gibt, eins von dem anderen kaum unterschieden, doch beide zugleich niemals sichtbar. Wie die Bilder auf alten Ansichtskarten, die sich durch Kippen veränderten. Wo vorher große braune Flächen lagen, befinden sich nun grüne, und umgekehrt. Ab hier fällt das Terrain eindeutig ab, eine optische Täuschung ist auf dieser Seite der Linie nicht möglich.

Gerts Blick fällt sofort auf die Mauern, zwischen denen er aufgewachsen ist. Worauf sonst sollte er haften, da ist nichts. Doch, da ist was! Mitten auf den Feldern, die sich über die Ebene fast bis in die Unendlichkeit erstrecken, steht eine riesige Erdbeere, dem Anschein nach fast so groß wie ein Haus. Ein Verkaufsstand oder eine vom Frühjahr übrig gebliebene Werbung. Die UV-Strahlung eines Sommers hat sie gebleicht, und der Himmel verfinstert sich zusehends. Trotzdem knallt sie aus dem herbstlichen Braun und welken Grün der Fläche wie eine Bombe. Allmählich kommt Gert sich vor wie in einem absurden Traum. Hier in diesem Auto, das mehr oder weniger ein Klon seines Unfallwagens ist, aber seinem Vater gehört, der gar nicht mehr Auto fahren kann, seinem Vater, der kaum noch gehen und sich nicht mehr allein den Hintern abwischen kann, der sich mit einem versteckten Pathos zu seinem alten Besitz fahren lässt, als wollte er ihm einen letzten Besuch abstatten, als wollte er von dort nicht mehr zurückkehren. Vor ihnen die Erdbeere, riesenhaft, erhaben und lächerlich. Wenn sie beide auch vergehen, das Erdbeerländchen wird bestehen. Ein Mahnmal, es zeugt davon, dass alles sinnlos ist, jeder Versuch weiterzumachen oder neu anzufangen, für jeden von ihnen. Nie schien ihm das Leben mehr zu sein als eine Folge von Missgeschicken. Die Qualität seiner Erfahrungen war das Einzige, was sie zusammenhielt. Und ehrlich gesagt: Bei allen Menschen, denen er bis heute begegnet ist, schien es ihm nicht anders. Es besteht kein echter Zusammenhang zwischen Anfang und Ende, außer dass die Fingerabdrücke dieselben bleiben, eine gerichtlich verwertbare Identität. Bei ihm scheint es außerdem genetisch bedingt, dass er immer und überall in die Kacke packt. Von wem kann er das haben, von ihm oder von ihr?

Unweit des frugalen Mementos, durch die perspektivische Verkürzung scheinbar direkt daneben, liegt der Hof. Berts Hof, Gerts Hof. Da sind sie groß geworden, der Alte wie der Junge. Haus, Stall, Scheune liegen da wie der lebendige Beweis dafür, dass niemand in ihnen groß werden *kann*. Drei Würfel mit dunklen Satteldächern, ein Mauerstück entlang der Straße schließt das Ganze ab. Zwei Meter vor der Hausecke endet die Mauer stumpf, eine Hecke setzt die Linie fort. Von hier aus gesehen, verdeckt die Scheune den düsteren Innenhof und das alte, immer ungepflegt wirkende Haus. Zum Feld hin bildet der Stall die Grenze. Komisch, dass die Buche nicht zu sehen ist. Er dachte immer, die Krone würde das Dach überragen. Was für ein Nest! Dort kann man geboren werden – oder sterben. Eine mystische Empfindung, die ganze Zeit über hockte sie schon still in einer Ecke, nun springt sie auf. Gert fühlt sich, als hätte ihn jemand zu seinem Vater gerufen, um an diesem Tag etwas Entscheidendes zu tun. Es hat etwas von einer Hausaufgabe: Beweisen Sie, dass der Tod eines Menschen mehr wert sein kann als sein Überleben. These, Antithese, Synthese. So ungefähr.

Wie im Leerlauf rollen sie die kleine Straße hinab. Es fühlt sich an, als säßen sie in einer Bahn auf dem Rummelplatz, der Spaß ist schon vorbei, und das Fahrzeug läuft noch aus. Bald haben sie das Hoftor erreicht. Es steht wie immer (außer in seiner frühen Kindheit) offen. Gert lenkt ein, der Wagen bremst auf dem halb lehmigen, halb kiesigen Untergrund noch mehr ab. Er wirkt nun schwerfällig. Eine düstere Ahnung sagt Gert, dass sein Vater hierhin will, um zu sterben. Sicher, das kann auch eine Projektion sein. Schnell und wirr schießen ihm die Gedanken durch den Kopf. Ein Bild kristallisiert sich: Er soll den Alten in die Jauchegrube stoßen, die wie seit jeher voll Wasser steht. Bert wartet am Rand, mit dem Rücken zu ihm und knirscht: ‹Los jetzt!› oder: ‹Feste, feste!›. Die Gehhilfe liegt umgestürzt zwei Schritt entfernt. Selbst ihr blitzendes Gestänge würde in dem Loch binnen einer Sekunde auf Nimmerwiedersehen verschwunden sein. Gert nimmt keinen Anlauf, er stellt sich dicht hinter den Alten und gibt ihm einen Schubs, ein klagender Laut, *platsch*, aus. – Was für ein Quatsch. Sein Vater ist ein guter Schwimmer und würde kaum untergehen, selbst wenn man seinen jetzigen Zustand in Rechnung stellt.

Bert beim Schwimmen – das Bild eines agilen, immer noch vitalen Mannes wird Gert nicht los. Selbst heute, da der Alte neben ihm auf dem Beifahrersitz zittert und zappelt, hat er noch etwas Straffes und äußerst Lebendiges. Es würde dem Sohn keine Freude bereiten, das zu zerstören. Die Stunden, die er eingeklemmt neben Felicitas verbringen musste, haben ihm gereicht. In der absurdesten Lage, kopfunter, nie hat sich (zu allem anderen) sein Gesicht so geschwollen, so kurz vor dem Platzen angefühlt. Sie hat es besser, dachte er in der Endlosigkeit dieses Hängens und starrte auf ein paar Blätter, die sich mit dem hellen Bauch gegen das auf seiner Seite unversehrte Fenster drückten, während vorn ein einzelner Ast schamlos in das Innere des Wagens ragte. Als er es endlich geschafft hatte, sich Felicitas zuzuwenden, war ihr Gesicht vom abgesackten Blut schwärzlich verfärbt. Selbst das Weiße ihrer Augen schien schwarz. Er gäbe alles darum, dieses Bild wieder los zu sein. Es wird mit ihm verlöschen.

Mit der Erinnerung an Felicitas' Totengesicht kehren auch die dunklen Blätter in seinen Kopf zurück,

Laub der verborgenen Blutbuche im Hof. Wie fett und falsch er sie immer fand, ein weiteres Wahrzeichen seiner versauten Kindheit, kein normaler Baum, ein schrecklicher, düsterer, drohender Turm. Sie schien selbst das Licht zu vergrauen und den Himmel über dem Hof zu verdunkeln. In ihren Ästen hing die Schaukel. Obwohl er den Baum hasste, schaukelte er oft im Schatten unter den Zweigen, schaukelte noch mal und noch mal, der Tag ging nicht rum.

‹Geh schaukeln›, war auch der Standardsatz seiner Mutter, wenn er über Langeweile klagte. Von heute aus betrachtet, scheint es unverständlich, warum sie beide, die in ähnlicher Weise unter dem Leben in der Einöde litten, nie eine gemeinsame Ebene fanden. Dieser ganze Hof, eingefasst von Mauern und Bretterwänden, steht in seiner Erinnerung wie der Stammsitz der Dämmerung und des Zwielichts. Moosiger Rasen, niemals blühender Rhododendron, fahlgrüne Nadelgewächse. Eine Reihe magerer Rosen, in die er den Fußball nicht schießen durfte.

Marlen mit dem Rasenmäher, sie zieht und zieht an der Anlasserschnur, jedes Mal ist bloß das Sirren der Trommel zu hören, die widerwillig das Seil hergibt, um es sich anschließend eilig wieder um den Hals zu wickeln. Marlens Fluchen. Endlich gelingt es doch, mit der freigesetzten Energie den Motor zu zünden, und Marlen schiebt. Regelmäßig klimpern Steine gegen das Gehäuse. Wenn ein Rad in einer Bodenmulde verschwindet oder der Mäher sich an einer Seite komplett absenkt, hobelt das Messer Stücke der Grasnarbe ab, der Motor würgt und dreht anschließend wieder hoch, ohne Gedächtnis, ohne Folgen abzuleiten. Marlen, wie sie ausschreitet, gegen eine imaginäre Stoppuhr arbeitet. Ihre schönen langen Beine mit den komischen kleinen Kissen in den Kniekehlen (damals trug sie noch Kleider). Plötzlich wirbelt sie mit den Armen, sie schreit, rennt auf Gert zu, der steht starr und weiß nicht, was los ist und wie ihm geschieht. Er zuckt nicht mal zusammen. Er sieht sie humpeln und erblickt unten das Loch in ihrem Schuh, ein Stück der Kappe ist glatt abgesäbelt. Blut sickert hervor und tränkt das gelbe Leder. Am Rand des Kraters stehen raue Fasern hoch. Er bewegt sich nicht, er sagt nichts, er weint nicht. Er schaut. – Marlen hatte Glück, sie verlor kaum mehr als ein Stückchen Haut und den Nagel ihres dicken Zehs.

«Du musst Gas geben. Wir stehen.»

In der Tat. Der schwere Boden hat das Auto zum Stehen gebracht. Gert hat unbewusst ausgekuppelt, jetzt lässt er sich Zeit, nimmt den Gang raus, lässt den Schalthebel im Leerlauf spielen, um dann sanft, mit dem Tippen eines Fingers, den Ersten einzulegen, und ganz langsam, fast ohne Gas zu geben, fährt er an. Dieser Besserwisser-Oberlehrer-Ton des Alten hat schon immer seinen Widerwillen erregt. Nie eine Freundlichkeit, keine Bitte, immer nur: Mach mal dies, tu mal jenes. Lass das.

So biegen sie vorsichtig um die Mauerecke, als könnten sie nicht wissen, was sie erwartet. Gert reißt die Augen auf. Vor ihm liegt eine brache, vollkommen verwüstete Fläche. Keine Buche mehr da, blaugraues Nachmittagslicht beleuchtet den Hof in unbekannter Weise. Zum ersten Mal in seinem Leben glaubt er, die Hauswand sei hell. Keine Rosen mehr da, keine Sträucher – selbst die Stümpfe sind gerodet. Statt des Rasens braune, umgewühlte Erde. Grobe Schollen stehen kreuz und quer, dazwischen hat sich Unkraut breit gemacht. Vor der Stallwand liegt ein Haufen toter Äste. Dort, wo der Schattenbaum stand, klafft ein Krater, einzelne Wurzeln ragen hervor.

In der Sekunde des Schreckens vergisst Gert tatsächlich auszukuppeln und würgt den Motor ab. Mit einem Ruck halten sie. Alles weg. Hier ist gar nichts mehr. Das Wohnhaus wirkt, als hätte man ihm die Kleider runtergerissen. Gert wendet sich dem Alten zu. Der sieht gar nicht hin, er beschäftigt sich mit seinem Player. Gert möchte ihn anschreien, am liebsten würde er ihn aus dem Auto zerren, damit er sofort und von ihm aus auf allen vieren krabbelnd beginnt, diese Zerstörung, die nur sein Werk sein kann, wieder rückgängig zu machen. Bert scheint zu bemerken, wie aufgeregt der Junge plötzlich ist. Er schaut ihm verlegen in die Augen. Nur kurz, dann drückt er wieder auf diesem Teil herum. Gert spürt Tränen aufsteigen. Mist.

«Warst du das?»

Bert nickt.

«Zugewachsen, wie es war, hätte sich das Anwesen niemals verkaufen lassen. Viel zu düster. Ich wollte nämlich, ich hätte dich natürlich noch gefragt… Wollen wir mal reingehen? Du glaubst nicht, wie hell die Küche jetzt ist.»

«Bloß nicht.»

Gert stöhnt auf. Wie es im Haus aussehen mag, will er sich nicht mal vorstellen. Während sein Blick weiter an diesem Bild der Zerstörung haftet, murmelt der Alte entschuldigend, er habe es fräsen und einsäen wollen, doch da sei die Krankheit gekommen. Heute kann er gar nichts mehr.

«Hier wird nie wieder etwas wachsen», schreit Gert. «Du hast schon immer alles vernichtet. Die Obstbäume umgelegt. Den Teich zuschütten lassen. Warum lässt du hier nicht gleich alles asphaltieren!»

«Andere Leute haben Kinder, die ihnen unter die Arme greifen.»

Nein, nein. Das wird Gert sich diesmal nicht anhängen lassen. Am Schluss soll er noch schuld an diesem Vandalismus sein?

«Du bist total kaputt, Mann. So wie's hier aussieht, sieht's in Wirklichkeit nämlich in dir drin aus. Das Kranke und Kaputte an dir sind gar nicht dein Zittern und Stottern, sondern deine Unfähigkeit, Gefühle für irgendetwas Lebendiges auf dem Erdball zu entwickeln.»

Ein wilder Energieschub puscht Gert. Er will aufstehen, er muss raus aus dem Auto, knallt aber nur mit den Schultern in den Gurt und sinkt zurück in den Sitz. Ruhiger geworden, schnallt er sich ab und öffnet die Autotür. Zwei Schritte weg vom Auto, dann wendet er sich um und läuft zurück, beugt sich in den Wagen zu dem reglos dasitzenden alten Mann.

«Jeder merkt, dass du so bist. Das macht deine ganze Einsamkeit aus.»

«Wer sagt, dass ich einsam bin?»

Wieder läuft Gert davon. Er hat gesagt, was er zu sagen hatte, der Rest interessiert ihn nicht. Wieder kehrt er um und beugt sich ins Auto. Ihm ist noch was eingefallen:

«Erinnerst du dich an den schwarzen Escort, vorhin auf dem Parkplatz? Aus dem dieser Typ stieg und sich draußen die Hose zumachte? Da saß noch jemand drin. Da saß noch deine Schwester Bubi drin.»

Nächste Runde. Vom Auto weg, zum Auto zurück.

«Sie saß da drin und hat geheult. Ich hab's genau gesehen. Glaubst du, das war wegen dir? Garantiert nicht.»

Bert kneift die Lippen zusammen. Er schaut scheinbar unbeteiligt geradeaus.

«Und jetzt gehe ich. Tschüs.»

Aber das bringt er nicht fertig. Kurz vor der Hausecke hält Gert ein, schnaufend vor Aufregung, und tritt von einem Fuß auf den anderen. Es hat einen Haken. Er kriegt nicht raus, was es ist, aber wegzulaufen und Bert da sitzen zu lassen mit seinem tollen

Auto, das er nicht fahren kann, hat einen Haken. Irgendwas, worauf er nicht kommt. Gert lehnt sich mit verschränkten Armen gegen die Hauswand und stiert über Schollen und Unkraut weg auf die marode, verbretterte Scheune.

Es dauert nicht lange, bis sein Vater rückwärts aus dem Auto krabbelt. Sogar seine Gehhilfe angelt er sich irgendwie. Gert schaut ihm zu, ohne einen Finger zu rühren. Es scheint Jahre her, seit er den Alten im Halbdunkel seines Zimmers antraf und sich ihm nach und nach die schockierende Schwäche seines Vaters enthüllte. Das Elendsbild des mit den Kräften der Erde ringenden alten Mannes, das sich ihm drüben neben dem Auto bietet, berührt ihn nicht. Unbeteiligt schaut er zu, wie Bert sich mit kleinen Schrittchen so weit dreht, dass er seinem Sohn den Rücken kehrt; unbeteiligt nimmt er später wahr, dass der Alte feuchte Flecken auf der Hose hat, als der sich ihm wieder zuwendet. Die Taubheit kehrt gerade in Gerts Arm zurück, ein Gefühl, das schlimmer ist als Schmerz.

Bert würdigt ihn seinerseits keines Blicks. Er bewegt sich auf die Scheune zu. Es ist ihm anzusehen, wie sehr es ihn anstrengt, den Gehbock in die Luft zu reißen und ihm dann mit dem Oberkörper hinterherzufallen, ohne komplett das Gleichgewicht zu verlieren. Ein Schrittchen mit links, ein Schrittchen mit rechts. Langsam geht das. Die Gummikappen der

Gehhilfe hinterlassen in dem weichen Boden kleine runde Löcher. Doch statt zu ermüden, strafft der Alte sich, seine Schritte werden schneller. Was mag in ihm vorgehen? Was kann er in der Scheune wollen? Sie war immer leer, und wie Gert von Marlen weiß, steht nicht mal mehr der Wohnwagen drin. Leer, genau wie der Stall.

Ein fetter Tropfen klatscht Gert mitten auf den Kopf. Auch wenn sich dahinter schon besseres Wetter ankündigt, das herangezogene Wolkenband bringt Regen. Er riecht ihn auch. Als der Alte schon nah beim Tor ist, klappert in der Scheune irgendwas. Hinterher noch ein leises Geräusch. Wie ein Apfel, der auf den Boden platscht. Gert rast mit langen Schritten an seinem Vater vorbei und reißt mit einer kräftigen Bewegung das Tor auf. Die Angeln sind so gut geschmiert, dass es immer noch nicht jammert.

Einzelne dicke Tropfen platschen herab. Er spürt, wie sie in seinem Gesicht auseinander laufen. Ein Keil matter Helligkeit zeichnet sich auf dem Betonboden ab. Gert erstarrt in der Bewegung, als ihm klar wird, dass die Tenne nicht leer ist. Zwei Kinder stehen vor ihm, vielleicht angehende Jugendliche, eng beieinander. Der Junge versucht hektisch, dem Mädchen den Pullover über den Kopf zu ziehen. – Es wird schon ein Mädchen sein. Das Kleidungsstück verfängt sich, vermutlich an ihren Ohren, er schaut von oben in die blaue Röhre, als wollte er das Problem analysieren. Das kleine Paar ist völlig überrumpelt. Sie haben zwar längst begriffen, dass sie entdeckt worden sind, doch sie können ihr Wissen nicht in eine zielgerichtete Handlung übersetzen. Wie geblendete Tiere auf der Fahrbahn stehen sie da. Vor ihren Füßen liegt tatsächlich ein Apfel. Er scheint aus beträchtlicher Höhe herabgefallen zu sein, vorn hat er eine dunkel verfärbte Delle, und durch feine Risse in der Schale ist Saft ausgetreten. Auf einmal stürzt der blaue Pullover auf den Gürtel herab, das Unterhemd verschwindet, und der Kopf des zweiten Kindes kommt zum Vorschein. Es ist wahrhaftig ein Mädchen. Eindeutig. Inzwischen ist Bert heran.

«*Kscht, kscht.*»

Er zischt, als wollte er Hühner verjagen.

«Schleicht euch», presst auch Gert hervor. Es sind fremde Kinder, sie haben hier überhaupt nichts verloren. Die kurzen Worte reichen aus, um ihre Starre zu lösen. In einem Affentempo stieben die Kinder durch das offene Tor und quer über den Hof. Sicher liegen irgendwo ihre Fahrräder.

«Brut», sagt Gert zu seinem Vater gewandt. «Am Ende stecken sie uns noch die Scheune in Brand.»

Gleichzeitig denkt er, dass es Schlimmeres gäbe. Eigentlich sollte er sie genau dafür zurückrufen. Mittlerweile prasselt draußen der Regen. Die beiden müssen nass werden bis auf die Knochen. In der näheren Umgebung gibt es keinen Unterschlupf.

Bert hat sich nicht weiter mit der Angelegenheit aufgehalten. Er arbeitet sich tapfer voran ins Innere der Scheune, es gelingt ihm sogar, ein auf seinem Weg herumliegendes Holz mit dem Fuß beiseite zu schieben. Bestimmt freut er sich gerade über den tollen glatten Estrich, den er selbst einmal gelegt hat. Er konnte gut Beton machen. Nachdem die Kinder weg sind, ist die Scheune wirklich leer. Ein Schauer überläuft Gert. Nichts mit Ereignissen Verknüpftes, es ist reiner Schmerz, den er fühlt. Schmerz von früher her. Alles wird hier klarer, es scheint geradezu greifbar, warum er versagt hat. Jemand, der hier groß geworden ist, kann im Leben nicht bestehen. Es ist, als müsste sich einer nach seiner Jugend auf dem Mars unverhofft auf der Erde zurechtfinden, in einer fremden Atmosphäre und unter Wesen mit unbekannten Gewohnheiten. Er schlitterte so dahin, bis er sich nach ein paar verrückten Sekunden plötzlich wiederfand, wie er mit dem Kopf nach unten in seinem Wagen hing. Das war das Ende der Rutschpartie, der Fuß des langen, langen Abhangs. Von dort geht es nirgends mehr hin. Nur noch in diese Scheune. Wieso dorthin?

Gert glaubt, dass es seinem Vater im Grunde ähnlich geht. Der hat sein Leben gelebt, nach außen hin gab es da nicht so viele Turbulenzen, abgesehen von der Scheidung vor ein paar Jahren. Trotzdem: Wie er sich da über die Tenne müht, hat er was von einem alten Trottel. Nicht viel übrig außer Eigensinn. Er hat nie viel gewollt, er hat nie viel gehabt. Ob er sein Leben als gelungen bezeichnen würde? Gert bezweifelt das. In seinem eigenen Leben war schon mehr los, allerdings ohne dass er was dafür konnte. Er wollte nicht mal reich werden und schon gar nicht im Mittelpunkt stehen. Das alles bedeutet wenig, er hat den Verlust leicht verschmerzt. Umso mehr tut ihm weh, dass es jenseits davon nichts zu geben scheint. Früher dachte er mal, er wolle etwas ausdrücken. Aber das wollte er gar nicht. Und der Gedanke, dass im Sterben so oder so auch noch eine Geste liegt, ekelt ihn. Er möchte sich am liebsten einfach auflösen. Nicht mal ein bisschen Rauch soll übrig bleiben.

Gert starrt ins Halbdunkel der Scheune. Er hört den Regen schwächer werden und registriert das Geräusch als schwächer werdenden Regen. Für einen kurzen Moment scheinen sich all die komischen Bedeutungen aufzulösen, eine wohltuende Einfachheit strahlt aus den Dingen. In seiner Kindheit gab es eine Zeit, da war er fast jeden Nachmittag in der Scheune. Oft jagte ihn der Alte auf den Heuboden und zog die Leiter weg. Aber auf der anderen Seite gab es diese merkwürdigen, fest ins Tragwerk eingebauten Sprossen. Es ging nur darum, frei auf einem Eisenträger balancierend, dorthin zu kommen. Das fiel ihm anfangs schwer, später war es ein Spaziergang.

Die Stimme seines Vaters dringt zu Gert. Der Alte steht genau vor diesem Aufgang und deutet hinauf in den Dachstuhl.

«Ich muss da hoch», sagt er. «Ich möchte. Hilfst du mir?»

6.

Die Leiter wollte Bert auch einmal rausschneiden. Weg damit. Sie bildet einen Teil des Fachwerks, ihre Sprossen sind in zwei dicht beieinander stehende Balken eingelassen, von denen nur einer trägt. Der andere ist statisch bedeutungslos. Er hat nie begriffen, warum sie auf dieser Seite der Tenne eingebaut wurde. Sie führt auf eine schmale Galerie ohne erkennbaren Nutzwert, der eigentliche Heuboden liegt auf der anderen Seite. Soweit er sich erinnern kann, lagerte dort nie etwas. Bert bildet sich ein, es bis oben zu schaffen. Sprosse für Sprosse. Auch den Gehbock muss er ja für jeden Schritt weiter wuchten. Gemessen am Morgen, fühlt er sich geradezu kräftig. Als hätte er es geschafft, seine Energiereserven auf einen Schlag zu mobilisieren. Diese letzte Lebenskraft will er verschwenden, den gesamten Rest. Er hebt den Gehbock und stößt ihn nach vorn, auf dem glatten Estrich kommt er gut voran. Nichts steht ihm im Weg, auch Gert nicht, der sich geweigert hat, ihm da raufzuhelfen, und den Bemühungen seines Vaters nun gleichgültig zusieht, sich sogar abwendet und Löcher in die Bimswand auf der anderen Seite starrt.

Bert möchte wetten, dass er dauernd an das Mädchen denkt. Rausgeschleudert oder nicht, sie war doch tot. Die Fahrt hierher muss ihn außerdem tief bewegt haben. Allein wie er gefahren ist. So fährt doch kein normaler Mensch. Wie nah sie sich wohl standen? Gert scheint ja seinerseits zu glauben, dass Schwester Bubi die Geliebte seines Vaters ist. Bei dieser Vorstellung muss Bert grinsen. Wenn er daran denkt, was für ein Lackaffe Bubis Verlobter ist, wird er gleich wieder ernst. Sie hat oft von ihm erzählt, Bert hatte ein gänzlich anderes Bild von dem Mann. So süßes Gift verstand sie ihm einzugeben. Um ehrlich zu sein, muss er sein Gefühl zu ihr Liebe nennen. Aber es ist nicht diese dumme Art von Liebe, die zur Ehe führt und all dem Mist. Er liebt sie etwa so, wie man einen kostbaren Gegenstand lieben kann, der unerreichbar bleibt. Wohlgemerkt: für alle unerreichbar. Man will ihn gar nicht haben, doch ihm so nah wie möglich sein. Darüber hinaus hat sie als Einzige ihn je verstanden. Sie hat ihn erkannt und seine Schattenseiten (die er durchaus kennt!) gebannt. Sie war die Sonne im Zenit. Und nun herrscht tiefe Dämmerung. Es ist unendlich schade, um ihre Gegenwart gebracht zu sein. – Ach, Bubi. Am Ende haben sie dir doch fristlos gekündigt. Du konntest nicht mit ansehen, wie Vornegger sich quälte. Du hast seine Magensonde entfernt, das war barmherzig, aber gegen jede Vorschrift. Vornegger hätte dich geküsst, wenn er es noch vermocht hätte. Du bist so gut und sprichst nicht mal davon.

Der Regenguss ist schon vorbei. Es trommeln keine Tropfen mehr aufs Dach, und das aus dem Fallrohr stürzende Wasser plätschert nur noch leise. Die Sonne kehrt zurück. Wieder und wieder schaut Bert die Leiter hinauf. Bis zum Zwischenboden sind es sechs Meter und fünf, darüber gähnt noch der Dachraum. Sechs Meter fünf, über zwanzig Sprossen. Früher war das ein Klacks. Frei stehend hat er da oben überflüssiges Holz aus dem Tragwerk genommen, die Kettensäge fraß sich von allein durch die Balken. Das ist viele Jahre her. Gleich die erste Sprosse macht Probleme. Bert kann den Fuß kaum hoch genug heben. Als er ihn endlich so weit hat und sich abstoßen will, bleibt der zweite Fuß auf dem Boden. Die Arme sind bereits müde – nur weil er sie über Kopfhöhe streckt. Sein Mut sinkt. Ohne fremde Hilfe kann er doch nicht mal einen Stuhl besteigen. Er klammert sich viel zu fest an die Sprossen. Bert schließt die Augen und versucht sich vorzustellen, wie er sehr tief fällt. Er bekommt kein Gefühl dafür. Spürt er im Rücken Gerts Blick? Er kann sich nicht umwenden. Nicht mal den Kopf drehen. Es wundert ihn, dass der Junge nicht auflacht, er muss komisch aussehen. – Es ist erniedrigend. Wenn man jemandem mal das Laufen beigebracht hat und das Radfahren, möchte man nicht so vor ihm dastehen müssen. Schau weg, denkt Bert.

Sein eigener Blick geht starr nach oben, zwischen seinen zitternden, dünn gewordenen Armen hindurch in die Sparren. Durch Dachpfannen aus klarem Kunststoff schießt das Licht seine eigenen Balken in den Raum, Staub wird darin sichtbar, keine Stabilität; Chaos, keine Konstruktion. Überraschend gelingt Bert der zweite Schritt, der Fuß gehorcht und folgt seinem ungleichen Bruder, die Arme hieven sein Gewicht in die Höhe, der Kopf taucht zwischen ihnen durch, er hat es auf die erste Sprosse geschafft.

«Weißt du noch, wie schnell ich früher die Leiter raufkam?»

Schweigen.

«Damals, als die Katze mich gekratzt hatte, hieß sie nicht Arleen? Das war vielleicht ein bissiges Vieh …»

«–»

«Ich bin ihr hinterher in die Scheune, sie sprang unter dem Wohnwagen durch, ich drum herum und die Leiter hoch auf den Boden, fast hätte ich sie am Schwanz erwischt. – Du hast hinten an der Wand gesessen und mit deinen Murmeln gespielt. Ich habe es noch vor Augen. Nachher hast du gesagt: ‹Papa, wenn du auch unter dem Wohnwagen durchgekonnt hättest, wärst du genauso schnell gewesen wie Arleen.› – Erinnerst du dich nicht?»

Pause. Warten auf eine Antwort. Vielleicht hat der Junge es tatsächlich vergessen.

Als Bert sich weiter hochziehen will, verstärkt sich das Zittern seiner Arme zu einem Schlagen, die Knie sind mit einem Mal puddingweich, ein Fuß rutscht von der Sprosse zurück, der andere kippt nach vorn, die Finger gleiten ab, als hätte jemand die Schleife gelöst, mit denen sie oben festgebunden waren. Er stürzt.

Der Hieb in den Rücken schmerzt. Bert glaubt im ersten Moment, sein Sohn habe ihm absichtlich einen Schlag auf die Wirbelsäule versetzt. So oder so hat er den Alten aufgefangen und mit dermaßen übertriebener Wucht nach oben gedrückt, dass Bert jede einzelne Sprosse der Leiter in seinem Körper spürt. Luft entweicht seinen Lungen, das gibt einen komischen Laut, fast wie ein Ausruf der Überraschung: *Huoo.* Es wirkt, als hätte er etwas Unpassendes gesagt. Auch der Junge ächzt, während er seinen Vater an der Leiter festkeilt. Bert spürt eine Hand an seinem Gesäß. Die Handkante mit dem kleinen Finger drückt in seine Ritze. Gibt es da keine andere Möglichkeit? Bert kneift unwillkürlich die Backen zusammen. Er schluckt.

«Ok, ok, ich helfe dir», flüstert Gert.

Doch zunächst passiert gar nichts. Bert wird das Gefühl nicht los, dass der Sohn hinter seinem Rücken Löcher in die Luft starrt.

«Wie war das noch mit dem Balken?»

Bert weiß sofort, was Gert meint. Er reckt den Hals und schaut so gut es geht auf die andere Seite der Tenne hinüber. Dort scheint eine monströse Stütze aus Eiche die gesamte Dachkonstruktion allein zu tragen. Auch der Motor des Heuaufzugs ist dort befestigt; der Eisenträger, über den die Laufkatze fährt und der in großer Höhe quer über die Tenne bis zur Scheunenwand reicht, liegt dort auf.

«Es ist der älteste Balken der gesamten Scheune, nicht wahr?»

«Ja-aa», knirscht Bert und denkt: Schieb, schieb doch!

«Du hast immer gesagt, er sei abnorm lang.»

«*E*-norm», verbessert der Alte. «Aber es stimmt: Eichen wachsen normalerweise nicht so hoch, höchstens zwanzig Meter. Der Stamm, aus dem dieser Balken gemacht ist, muss wesentlich länger gewesen sein, wenn du den Querschnitt berücksichtigst. Zwölf Generationen von Förstern waren daran beteiligt, diese Eiche hochwachsen zu lassen.»

«Wie das?»

Der Junge scheint die Fragerei zu genießen. Natürlich kennt er die Antworten.

«Sie haben immer wieder Buchen untergepflanzt. Die Lichtkonkurrenz zwang die Eiche, ihre Energie ins Höhenwachstum zu stecken.»

«Woher weißt du das?»

«Von meinem Vater.»

Damit scheint Gert genug zu haben. Er schiebt und hebt den Alten auf die nächste Sprosse. Endlich. Man musste schon immer auf ihn warten. Unzählige Fragen, Ermahnungen, Appelle – drei-, viermal wiederholt, bevor eine Entgegnung kam. Dass Gert die Geschichte mit dem Eichenbalken immer noch glaubt, ist wenigstens erstaunlich. Ob sein Horizont wirklich so klein geblieben ist? Oder hat er seinen Vater gefoppt? Die eigenen Sätze hören sich für Bert plötzlich lächerlich an. Er spürt, wie er rot wird. Zu gern würde er einen Blick in das Gesicht des Jungen werfen.

Wieder eine Sprosse, diesmal geht es leicht, fast ohne Hilfe. Doch es raubt ihm viel Kraft. Bert atmet kürzer. Er lässt sich zurücksinken, sein Rücken lehnt gegen die Brust des Jungen. Nach einer Weile spürt er Wärme in seinen Körper fließen. Am liebsten würde er jetzt einfach loslassen. Friedlich einschlafen. Leider wird der Tod kalt sein. Unzählige Male hat er an den Unfall gedacht. Gert ahnt nicht, wie leid ihm das tat. Dass sie da hingen. Kalt und warm. Ängstlich und ruhig. – Stundenlang neben einer Toten. Schon die Vorstellung macht Bert verrückt.

Beim nächsten Schritt spürt der Alte seine Kräfte jäh nachlassen, er sackt ab. In seinem Rücken stöhnt Gert auf und schreit, dass er sich anstrengen soll. Aber das tut er ja. Ein neuer Schub. Die Schulter des Jungen stößt ihm in den Rücken, der Oberschenkel presst seinen Unterleib gegen die Leiter. Viel zu fest. Zu allem Überfluss glotzt ihn auf dieser Stufe Marlens Porträt an, das er kurz nach der Trennung hier aufhängte. Einfach ein Nagel durch die Stirn. – So eine Impulshandlung.

Wie grob der Junge sein kann. Nie im Leben werden sie auf diese Weise hinaufkommen. Bert sieht sich einen Moment lang selbst an einem Kletterseil in der

Turnhalle, dann kippt das Bild, und er steht unten, auf halber Höhe hängt eine Schülerin, die er mit Mühe und Not bis dort hinaufgehetzt hat. Jetzt kommt sie nicht weiter, sie hat schon aufgegeben und klemmt auch das Seil nicht richtig zwischen den Beinen ein. Es liegen keine Matten auf dem Hallenboden. «So funktioniert das nicht», ruft er hinauf. – «So funktioniert das nicht», sagt er resigniert zu sich selbst und taumelt plötzlich zurück, hat schon Übergewicht, der Schreck durchfährt ihn wie ein Stromschlag, er wird fallen. Mit voller Wucht stößt Gert ihn zurück nach oben. Wütend schreit er seinem Vater ins Ohr:

«Mit solchen Bemerkungen hast du mein ganzes Leben versaut. Vom Schuhbinden bis zu meiner ersten Freundin – immer hast du mich runtergemacht. ‹So funktioniert das nicht.› ‹So wird das nichts.› ‹Ich hätte dir gleich sagen können, dass das nicht klappt.› – Nur *wie* es funktioniert, hast du mir nie gesagt, Herr Lehrer.»

Die Stimme wird leiser, der Druck schwächer. Es ist ja auch haltlos, ein paar Worten die Schuld zu geben für den Lauf eines ganzen Lebens.

«Den Spaß am Klettern hast du mir verdorben, da war ich dir zu steif. Ich konnte nicht mal in Ruhe Musik hören. Wenn ich mitgesungen habe, hast du meine Aussprache verbessert, sogar die Texte wusstest du besser.»

Das war ein Schlag ins Gesicht. Nie, denkt Bert, wollte ich etwas anderes, als dir ein halbwegs vernünftiges Englisch beibringen. Weißt du das bis heute nicht zu schätzen? Wieder so eine Pause. Mach doch was!

«Du musst wieder runter», sagt Gert endlich, «ich kann dich nicht mehr halten. Mein Arm wird lahm.»

Zur Abwechslung schweigt Bert mal.

«Seit meinem Unfall habe ich häufig ein taubes Gefühl im linken Arm. Es kommt mal schnell, mal langsam, und es dauert Sekunden oder Stunden. Völlig unsystematisch. Ich bin damit nicht beim Arzt gewesen.»

Gerts Stimme klingt gepresst und brüchig. Als sein Vater den Betonboden wieder unter seinen Füßen spürt, sind sie beide außer Atem. Taubheit im Arm. Eigentlich kann sie doch nicht seine Geliebte gewesen sein. Viel zu jung. Sicher, manche Mädchen stehen auf Ältere; ein Kollege musste wegen so was den Schuldienst quittieren. Aber auf Gert? Außerdem wäre *er* auch nicht der Typ dafür. Sinnlos, ihn zu fragen. Er würde lügen. Bert wird immer schwächer. Die Beine drohen ihm wegzuknicken. Er hängt da wie eine Krullfliege an der Wand, allein die elektrische Anziehung zwischen den Molekülen hält ihn. Diese Bindung hat nur eine äußerst geringe Reichweite. Wenn sie aufreißt, muss er fallen. Er spürt Bitternis. – Bitter*keit* muss es heißen. Er wünscht sich seit Monaten, dass endlich alles vorbei wäre. Er will nicht warten, bis sein Leben endgültig kein Leben mehr ist.

«Wir könnten den Heuaufzug benutzen», schlägt Gert vor.

Bert spürt förmlich, wie der Junge hinaufstarrt auf die Rollen und Drahtseile. Fast scheint es, dass die Maschine sich hinter seinem Rücken lautlos in Bewegung gesetzt hat.

«Ich hab den Strom abstellen lassen», hechelt Bert.

Gut, dass diese Möglichkeit ausfällt. Seit fünfzig Jahren hängt der Aufzug an genau derselben Stelle über der Tenne, wie eine tote Spinne. Heute kommt zum ersten Mal Leben in sie; mit brüchigen Beinen aus schwarzem Eisen balanciert sie lautlos auf dem Lichtgebälk. Nein, mit einer Winde will er sich trotz allem nicht auf den Zwischenboden hieven lassen.

Tauber Arm hin oder her, es wirkt recht flink, wie Gert die Leiter rauf- und runterturnt. Er handhabt das Seil gekonnt, jeder Handgriff sitzt. Das sieht nicht aus, als hätte er seit dreißig Jahren keine Praxis mehr. Der Junge wird die gleiche Glatze bekommen wie sein Vater; sie ist weit fortgeschritten, seit sie sich zuletzt gesehen haben. Auf dem Hinterkopf deuten störrisch abstehende Härchen seinen früheren Wirbel an. Mit angewidertem Gesicht dreht er sich Richtung Bert und springt von der vorletzten Sprosse, seine Züge sind nicht gespannt, der Mund hängt, als wollte er diese Sache schnell hinter sich bringen. Dementsprechend fasst er seinen Vater auch an: grob, unwillig. Er vermeidet es, Bert in die Augen zu sehen. Ob er schon ahnt, was er tun soll?

«Streck mal die Hände hoch», fordert der Junge

sachlich, «dreh dich ein bisschen» – als würde er seine Handgriffe täglich zehnfach wiederholen. Als ginge es ihm rein um den Ablauf, ohne Ansehen der Person. Bert gehorcht wie ein Kind. Während er unter der überraschend schweren Kletterausrüstung noch ein Stückchen weiter zusammensinkt, kommen ihm neue Zweifel. Sein Sohn erscheint ihm wie ein unbekanntes Wesen, mit Worten und Bewegungen aus einer fremden Welt. Dieser Mann da, der mit Karabinerhaken und Nylonschlaufen rumhantiert, als vertäute er gerade ein Gepäckstück und nicht seinen Vater, wird auf Berts Plan womöglich nur mit einem Achselzucken antworten oder sogar mit einem Lachen. Und wenn er den Alten auf den Zwischenboden raufzieht und dort einfach sitzen lässt (‹Hilf dir selbst, spring! Viel Glück dabei!›)? Nein, Berts Plan ist nicht besonders gut durchdacht, er hat sich aus dem Moment ergeben, aus der Tatsache, dass sein Sohn ihn überraschend besuchte. Er kam wie gerufen, aber was will er? Wenn er tatsächlich Geld braucht, würde eine schnelle Erbschaft ihm helfen. Die Chance ist gering, dennoch will Bert sie nutzen. Er jammert, er stöhnt. Es fällt ihm schwer zu betteln. Was, wenn Gert ihn da oben hängen lässt? Zwischen Himmel und –

«Was willst du eigentlich da oben?»

Früher oder später musste die Frage kommen. Bert hat sich zwei Varianten zurechtgelegt, A: die Wahrheit sagen (doch es scheint dafür nicht der richtige Zeitpunkt zu sein). Also antwortet er nach Plan B:

«Ostereier suchen.»

Gert muss grinsen, sehr gut. Bert will noch mal nachlegen, da hat er wieder einen Aussetzer. Zu keiner Bewegung fähig, glotzt er dem Jungen auf den Adamsapfel, sein Mund steht einen Spalt weit offen, der Schnurrbart zuckt und zittert hin und her, auch an den Händen wird der Tremor sichtbar und rasant stärker. Schließlich durchfährt ihn ein kleiner Ruck, die aufgestaute Energie führt zu übertriebenen, zackigen Bewegungen. Wie beim Stolpern.

Als es wieder geht, sagt Bert bloß: «Zieh mich rauf, bitte.» Inzwischen fällt ihm das Bitten schon leichter.

Gert zieht. Es geht gut, der Junge hat das Seil über eine freie Rolle der Laufkatze geführt. Die Kunst wird darin bestehen, den mitten über der Tenne hängenden Alten später zu sich auf den Zwischenboden zu ziehen. Dafür ist ein zweites Seil nötig; Gert hat es kurzerhand von dem langen Bergseil abgeschnitten, das sich als Einziges noch in der Scheune fand. So im Klettergurt zu hängen und meterhoch über dem Boden zu baumeln, fühlt sich für Bert gleichermaßen angenehm und beklemmend an. Angenehm, weil der Gurt sitzt und unzerreißbar wirkt; außerdem hat er von hier einen selten guten Überblick über die wenigen Sachen, die noch auf der Tenne rumstehen, die alte Kinderwippe und ein paar Holzböcke, Gert, der gerade das Seil festmacht, die Gehhilfe, deren Glanz sich in der Scheune übertrieben vornehm ausnimmt. Beklemmend dagegen, sich Fall und Aufprall vorzustellen. Etwas in ihm wehrt sich. Das gilt es nun auszuhalten. Gert macht das Seil unten fest und klettert die Leiter hinauf auf den Zwischenboden. Von dort wirft er das kurze Seil herüber. Bert kann es nicht schnappen, auch nicht auf Kommando. Diese neue Unzulänglichkeit macht den Alten wütend, er möchte mit den Füßen aufstampfen, tritt auch in die Luft, gerät dadurch aber nur ins Schaukeln.

«Mach das Seil los, lass mich fallen», ruft er.

Gert schaut ihn verständnislos an.

«Ich tauge doch zu nichts mehr.»

Das kommt aus tiefster Seele, er beginnt tatsächlich zu weinen. Kein lautes Heulen, nur Tränen, die ihm über die Wangen rinnen. Er kann sie nicht mal wegwischen.

«Da haben wir etwas gemeinsam», knirscht der Junge. Sein Blick wirkt resigniert. Ein väterliches Gefühl überkommt Bert, gerade so, wie er da hängt. Wenn er ihm doch irgendwie helfen könnte. Wenigstens Anteilnahme beweisen.

«Wie kommst du denn auf so was?»

«Mach dir über mich keine Gedanken», erwidert sein Sohn unwirsch. «Ich bringe das Seil jetzt zu dir rüber.»

Bert warnt ihn. Es ist gefährlich, weil niemand den Jungen sichern kann. Die Entschlossenheit des Alten bröckelt. «Lass mich halt wieder runter. Was nicht geht, geht nicht.» Keine Antwort. Sein Sohn turnt durch das ausgelichtete Fachwerk weiter nach oben und rutscht dann, auf dem Träger für die Laufkatze sitzend, zu Bert hinüber. Nur seine Beine sind zu sehen und der Kopf. Den Leib verdecken unregelmäßig verlegte Hölzer, die dort oben einen letzten, löcherigen Boden bilden.

«Du musst mir nichts beweisen.»

Wieder schweigt der Junge, er verzieht nicht mal das Gesicht. Seine Miene drückt grimmige Entschlossenheit aus. Das eigentlich mickrige *Klick*, mit dem der Karabiner einhakt, hallt schwer durch die sonst totenstille Scheune. Auch Gert hat das Seil an seinem Gurt befestigt. Jetzt hängen sie aneinander. So eine Verbindung, das geschieht ganz automatisch, bedeutet immer mehr als ein an beiden Enden festgemachtes Seil. Es bedeutet etwas Emotionales. Man ist nicht mehr für sich.

Wieder bewundert Bert, mit welcher Sicherheit der Sohn auf dem Träger zurück zum Zwischenboden rutscht, als hätte er Übung darin. Breitbeinig stellt er sich über die Öffnung, durch die man von der Leiter auf die schmale Galerie gelangt, und löst mit gut dosierten Rucken den Knoten, der das Hauptseil fixiert. Bert spürt, wie er sackt, nur ein paar Zentimeter tief, der Junge hält ihn. Trotzdem fühlte er sich dem Aufprall schon nah. Nun zieht Gert an dem kürzeren Seil. Höhenangst und Schwindel hat Bert nie gekannt, es wundert ihn, dass die Schaukelei ein mulmiges Gefühl in seinem Bauch verursacht. Sobald er einen Blick nach unten riskiert, steigert es sich zur

Übelkeit. Der Gehbock tanzt vor seinen Augen, der Betonboden scheint sich zu heben, die Bimswand schwankt, im Ständerwerk verschieben sich die Winkel. Bert stößt auf und bekommt einen widerlichen Geschmack in den Mund.

Als er mit baumelnden Beinen auf der Kante des Zwischenbodens sitzt, fühlt er sich ausgelaugt, elend, todmüde. Einer Ohnmacht nahe. Dass er solchen Strapazen überhaupt noch standhält! Gerts Gesicht hat die Farbe verloren, er atmet heftig, packt den Alten aber schon wieder und versucht, ihn zurück auf die Bretter zu ziehen, dorthin, wo er sicher wäre. Bert hebt die Hand bis auf Höhe der Brust – weiter schafft er es nicht – und bedeutet dem Jungen einzuhalten. Erst mal durchschnaufen. Bert ist nervös. Jetzt muss es schließlich sein. Er muss es sagen. Doch während er noch Anlauf nimmt, haut Gert sich vor die Stirn: «Ich hab was vergessen.» Und wieder steigt er auf den Träger, robbt zur Laufkatze, an der die Heugabel hängt. Seine Entschlossenheit scheint erst wenige Minuten alt.

Dieser hohe, leere Steg, auf dem er sitzt, erschien all die Jahre wie eine stumme Forderung; Bert wollte ihn immer wegreißen. So weit kam es nie. Plötzlich fällt ihm ein, dass der Zwischenboden gar nicht immer leer war. Als Kind kletterte Bert oft hinauf und schaute lange zwischen grauen, nackten Fahrradrahmen und von alten Schubkarren übrig gebliebenen Holzrädern hin und her. Vergeblich versuchte er da mals, die Teile in einen Zusammenhang zu bringen. Wie Gerinnsel in einer dünnen Flüssigkeit treiben Erinnerungen durch sein Bewusstsein, ein unkontrollierbarer Ablauf. Kaum weniger peinigend als die Momente, in denen er sich nicht rühren kann. Von manchem wird nicht mal klar, ob es Erinnerung oder Vorstellung ist.

Das Verbindungsseil hat Gert sehr knapp bemessen; es spannt beinahe, während er drüben mit dem Oberkörper hinter der Laufkatze verschwunden ist. Da wäre es fast besser, er würde sich losmachen. Bert fasst das Ende mit der Hand und spielt damit. Er drückt darauf herum, die Oberfläche fühlt sich griffig, beinah rau an, das Innere dagegen weich. Wenn er nun kräftig daran zöge … Da Gert mit nichts rechnet, hätte er keine Chance. Was für eine absurde Idee, Bert muss selbst darüber lachen. Er, der Krüppel, unversehrt hier oben, Gert zerschmettert unten auf der Tenne. Immerhin: Allein könnte Bert die Leiter so wenig hinab wie hinauf, er hätte gute Chancen, an Ort und Stelle zu verdursten. Irgendetwas klimpert leise. Was macht der Junge da so lange?

«Hältst du mich eigentlich für meschugge?», schreit Bert hinüber, «ich bin nicht meschugge. Ich bin bei vollem Verstand. – Das wollte ich nur geklärt haben.»

Es ist ihm so eingefallen. Gert murmelt eine unverständliche Erwiderung. Er ist wieder hinter der Winde hervorgekommen, in der linken Hand hält er eine Blechkiste. Bert erkennt sie sofort wieder: der Verbandskasten aus seinem ersten Auto. Stand jahrelang in der Garage (aber was war damals drin?) und verschwand eines Tages spurlos. Da ist er nun also. Der kann nicht erst seit gestern dort versteckt gewesen sein. Die Sicherheit, mit der Gert sich über den Träger bewegt, hat er weniger seiner Geschicklichkeit als der Routine zu verdanken. Demnach hat er auch seine Strafen nicht abgesessen. Heubodenarrest – pädagogisch sinnvoll, denn eine leere Scheune bietet der Fantasie eines Kindes viele Anreize. Dass Gert mit ziemlicher Sicherheit schon damals über den Träger turnte und über die auf der anderen Seite eingebaute Leiter bequem hinabsteigen konnte, macht Bert wütend. Sonderbar, nach all den Jahren.

Auf dem Rückweg wirkt der Junge dagegen unbeholfen, er kommt kaum vorwärts, da er nur eine Hand frei hat. Mit der anderen hält er den Kasten fest an seine Brust gedrückt. Was mag darin sein? Bert würde zu gern einen Blick hineinwerfen, wenn der Junge zurück ist. Er erkennt jedoch schnell, dass es nicht dazu kommen wird. Gert probiert eine merkwürdige Technik; er schaukelt von einer Pobacke auf die andere und hoppelt dabei mit dem Gesäß übers Eisen. Das wirkt nicht sehr gekonnt – und da ist es auch schon passiert, er breitet die Arme aus, muss um sein Gleichgewicht ringen, der Blechkasten entgleitet ihm und segelt durch den weiten, leeren Raum nach unten. Gert lässt einen Ruf der Verwunderung hören, sein Oberkörper kippt seitlich weg, das Seil spannt sich, Bert fühlt den Zug an Schultern und Beinen, es geht so schnell, dass er nicht dagegenhalten kann, er rutscht, er wird fallen und den Sohn mit sich in die Tiefe reißen.

Doch er fällt nicht, der Zug lässt nach, Gert hat sich gefangen, sein seitlich abgeknickter Oberkörper liegt wie eine Brücke in der Luft, er hat den nächsten Balken mit den Armen erreicht und dort Halt gefunden. Bert sitzt auf der äußersten Kante des Zwischenbodens auf einem hervorstehenden Nagel, er wagt vor Angst kaum zu atmen. Gerts Kasten ist mit einem stumpfen Geräusch auf den Boden geschlagen und seitlich weggeflogen, der Deckel liegt mit der silbrig glänzenden Innenfläche nach oben einträchtig neben der Gehhilfe. Auf dem Tennenboden ein paar verstreute Dinge, Jungskram, nichts Aufregendes: ein altes Haushaltsmesser mit abgebrochener Spitze, ein Stück Schnur, ein Pustefix-Fläschchen. Ein Glas voll Mäusegift ist beim Aufprall zerplatzt, die violetten Körner liegen in kleinen Häufchen über den Estrich verstreut.

«Versuch, ein Stück weiter nach rechts zu kommen. Die Balken laufen aufeinander zu.»

«Unmöglich», erwidert Gert. «Ich würde dich von der Galerie reißen.»

«Klink das Seil aus.»

«Das geht nicht. Ich liege auf dem Haken.»

Das stimmt. Nach links jedoch laufen Balken und

Träger auseinander, in dieser Richtung würde Gert den Halt verlieren. Er muss sich demzufolge so stark abstoßen, dass er wieder zum Sitzen kommt, ohne das Seil zu straffen. Andernfalls würde er von Bert mit in die Tiefe gerissen. Endlich fällt dem Alten ein, das Seil auf seiner Seite zu lösen. Ohne viel zu fragen, fummelt er an dem Karabiner herum. Er bringt den Schnapper nicht auf. Gert schreit wie ein Gewichtheber, als er sich aufzurichten versucht.

Ohne den Kasten war der Rückweg leichter. Gert hat seinen Vater endlich von der Kante des Bodens weggeschleift und das Seil auf beiden Seiten ausgeklinkt. Beide schnappen sie nach Luft. Der Junge reibt sich den Arm. Er steht auf der anderen Seite der Galerie und presst sein Gesicht gegen die Bretterwand. Zwischen ihnen liegt wie das letzte übrig gebliebene Feld eines Schachbretts das Loch. Der Durchstieg. Die Öffnung am Ende dieser Leiter. Ursprünglich muss hier alles anders ausgesehen haben. Solche Umbauten waren früher häufig. Heute würde man abreißen. Mit Gedanken dieser Art versucht Bert sich abzulenken. Er hat dem Jungen endlich seinen Hilfewunsch mitgeteilt und wartet nun auf eine Antwort. Nach und nach gelingt es ihm, den Klettergurt vom Körper zu streifen. Anschließend beschäftigt er sich mit dem Seil. Er kann verstehen, dass er die Antwort nicht gleich bekommt. Immerhin, spontan hat Gert sich nicht geweigert, seinem Vater sterben zu helfen. Juristisch ist das problematisch. Ja, daran hat er noch gar nicht gedacht! Gert wird zwangsläufig Scherereien bekommen. Ob ihm selbst das klar ist? Bert entschließt sich, seinen Sohn nicht extra darauf hinzuweisen. Das ist nicht in Ordnung, aber hier geht es schließlich ums Ganze. Wieder hat er den Impuls, den Jungen zu bezahlen. Er hat ja Geld. Bargeld. Das kriegt Gert sowieso. Aber er könnte es noch heute kriegen. Und damit zur Not für eine Weile untertauchen.

Da steht der Junge nun, als wollte er Wurzeln schlagen. Als rekapitulierte er gerade sein Leben. Bert muss immerzu auf Gerts Beine schauen. Diese Hosenscheißerhaltung geht wirklich nicht. Unverständlich, wie er es damit überhaupt zu was gebracht hat. Durch alle möglichen Ritzen dringt Licht.

«Ich habe mich dir gegenüber all die Jahre ganz winzig gefühlt. Du hast ein tolles Leben geführt, voller Erfolg, Geld und Anerkennung. So viele Menschen bewunderten dich.»

Die Vergangenheitsform ist Bert rausgerutscht. Er weiß ja nicht wirklich, wie gut oder wie schlecht Gerts Leben ist.

«Was weißt du schon darüber?» Gegen die Wand genuschelt, kaum zu verstehen.

«Ich bin nie von hier weggekommen. Hab von einem Leben in Italien geträumt. Ich war ein paar Mal mit dem Wohnwagen dort, mehr ist es nicht geworden. Du hast jahrelang in Kalifornien gelebt –»

«Das war Scheiße. Ich hab nicht einen Cent verdient.»

«Egal, du warst da. Ich bin nicht mal diesen Hof losgeworden.»

«Lass stecken.»

Während der Alte mühevoll aufsteht, schaut Gert unverändert durch das Astloch hinaus. Was gibt es da zu sehen? Auf der Hofseite der Scheune? Da ist doch nichts mehr. Na, er hat schon früher gern durch alle möglichen Astlöcher geglotzt, manchmal konnte man von draußen sein Auge in einem Brett sehen. Jetzt hebt er die Stimme, heller wirkt sie auch.

«Du hattest keine Zeit, um etwas anders zu machen. Es war immer so viel zu tun, die Schule – und der große Hof hat auch ohne Landwirtschaft viel Arbeit gemacht. Nebenbei warst du noch im Turnverein und im Angelverein und im Verein für die Wiederbelebung der Kulturlandschaft unserer Region –»

Es klingt nicht vorwurfsvoll. Aber was will der Junge damit sagen? Dass er zufrieden sein sollte? Mit diesem verdümpelten Leben? Es ist ja zu spät, um noch was nachzuholen.

«Junge! Tu's, bitte. Du musst es nur noch oben festmachen.» Stark zitternd, hält er das Seil in Gerts Richtung. Auf seiner Seite hat er unterdessen eine Schlinge geknüpft und sie sich um den Hals gelegt. Das Seil rutscht leicht durch den Knoten, auch wenn er nicht so schick ausschaut wie im Western. Daran muss er komischerweise denken; er wird die Vorstellung nicht los, auf einem Pferd zu sitzen, das man gleich unter ihm wegjagen wird. Marlen steht dabei und raucht eine.

«Wenn du Angst vor den Folgen hast – in meinem Schranksafe liegen vierzigtausend Euro. Damit kannst du eine Zeit lang untertauchen.»

«Hör auf, Stuss zu reden.»

Der Junge wendet sich dem Vater zu. Er seufzt, doch seine Augen flackern. Eiseskälte breitet sich in dem alten Körper aus. Mit einem Schlag hat Bert alles deutlich vor sich. Den Wagen, wie er über die Landstraße rast. Gert, der an den Knöpfen auf dem Lenkrad die Musik laut stellt. Dann gleitet seine Hand zwischen die Sitze. Behutsam klinkt sie den Gurt aus. Gleichzeitig scherzt Gert mit seiner kleinen Freundin. Die bleibt völlig ahnungslos. Plötzlich reißt er das Lenkrad herum, sie schießen über die Leitplanke, die Böschung runter, der Wagen überschlägt sich, das Mädchen fliegt mit der Frontscheibe raus, weit durch die Luft. Er hängt da in seinem Gurt, er fühlt sich benommen. Nach und nach orientiert er sich. – Gert ist nicht ohne. Die Trotteligkeit ist seine Maske. So einer stiehlt sich heimlich fort, auch wenn es lebensgefährlich ist.

Es kam nie zum Prozess. Seine Assistentin wurde abgefunden, wer weiß, ob er den Eltern des Mädchens nicht auch ein Schmerzensgeld gezahlt hat. Trotzdem ist er nicht weniger tot als die Kleine. Er hat nun nichts mehr zu verlieren. Wie bereitwillig er darauf einging, mit seinem Vater zu dem alten Hof zu fahren. Bestimmt hatte auch *er* von vornherein einen Plan. Wie naiv, nicht daran zu denken! Bert stiert geradeaus. Er hält das Seil in der Hand, als wollte er sich selbst an der Leine führen. Alles scheint nun anders. Sein Kehlkopf schwillt auf die Größe einer Kartoffel, seine Gedanken funktionieren nur noch in senkrechter Richtung, vom Nacken aufwärts zu dem Träger, auf dem sein Sohn balancieren kann wie ein Artist. Bert könnte selbst hinaufreichen, wenn über dem Loch etwas läge, um draufzutreten, vorausgesetzt natürlich, er könnte sich gerade überhaupt bewegen. Am Schlimmsten ist beinahe dieses fortwährende, alberne Wippen seines Schnurrbarts.

Gert steht jetzt dicht bei seinem Vater, nur noch der Durchstieg trennt sie, siebzig Zentimeter im Quadrat. Ein Schafott ohne Klappe. Gert beugt sich vor, schon hat er das Seil in der Hand. Bert presst die Lippen zusammen. Sein Puls rast, doch immer noch ist er starr. So war es nicht gemeint! Halt ein, denkt er. Mit verzweifelter Miene wirft Gert das Seil über die Stange. Es ist lang genug.

«Am besten», murmelt er, «ich knüpfe auf meiner Seite noch eine Schlinge.»

Gleichzeitig hat er aber den Karabinerhaken schon gegen das Seil geschlagen, der Schnapper hat unter dem Druck nachgegeben und flappt mit einem dezenten *Klack* zurück. So einfach geht das. Es ist jetzt nur noch ein Schritt. Der letzte. Berts Augen senden eine stumme Bitte. Gert schaut weg. Allem Anschein nach absichtlich reißt er sich einen Splitter in den Handballen. Eine perfekte Gelegenheit, um Rache zu nehmen. Nur wofür? Bert kämpft mit widersprüchlichen Empfindungen. Fängt die Fratze da vor ihm zu grinsen an? ‹Warte›, möchte er rufen, ‹lass uns reden.› Wie immer endet die Gefangenschaft seiner Glieder mit einem Ruck. Bert strafft sich und tut unwillkürlich einen Schritt nach vorn. Sein Fuß trifft ins Leere, in das Bodenloch, Bert taumelt, rudert mit den Armen. Ein kleiner Schrei entfährt ihm. *Uaaaooa*. Mit letzter Kraft (oder einfach mit Glück?) kann er sich stabilisieren, der Schuh bleibt an der Kante hängen und zieht ihn noch einmal nach vorn, bevor er stampfend auf den Brettern landet. *Tock*. Noch steht Bert.

Da beugt der Junge sich vor. Er wirkt geschmeidig und kraftvoll. Die ausgebreiteten Arme schließt er um die Schultern des Vaters, sie sind beide stark. Bert stellen sich am ganzen Körper die Härchen auf. Ganz steif fühlt er sich. Als er die Kraft seines Sohnes spürt, wünscht er sich, noch steifer zu sein. Im Bruchteil einer Sekunde überwindet Gert Berts Widerstand. Seine Augen sind matt, seine Miene wirkt unbeteiligt. Er öffnet den Mund.

«Komm, Vater.»